A NÉVOA

THRILLER

RAGNAR JÓNASSON

Título original: *Mistur*
Copyright © 2017, Ragnar Jónasson
Published by agreement with
Copenhagen Literary Agency ApS, Copenhagen

Edição: Leonardo Garzaro
Assistente editorial: André Esteves
Tradução: Isabela Figueira
Arte: Vinicius Oliveira e Silvia Andrade
Revisão e Preparação: André Esteves

Conselho editorial:
Leonardo Garzaro e Vinicius Oliveira

Dados Internacionais de Catalogação na Publicação (CIP)
(Câmara Brasileira do Livro, SP, Brasil)

J76n

Jónasson, Ragnar

A névoa / Ragnar Jónasson; Tradução de Isabela Figueira. – Santo André - SP: Rua do Sabão, 2025.

288 p.; 14 X 21 cm

ISBN 978-65-81462-58-1

1. Literatura nórdica. 2. Romance. I. Jónasson, Ragnar. II. Figueira, Isabela (Tradução). III. Título.

CDD 839.5

Índice para catálogo sistemático
I. Literatura nórdica
Elaborada por Bibliotecária Janaina Ramos – CRB-8/9166

[2025] Todos os direitos desta edição reservados à:
Editora Rua do Sabão
Rua da Fonte, 275 sala 62B - 09040-270 - Santo André, SP.

www.editoraruadosabao.com.br
facebook.com/editoraruadosabao
instagram.com/editoraruadosabao
x.com/edit_ruadosabao
youtube.com/editoraruadosabao
pinterest.com/editorarua
tiktok.com/@editoraruadosabao

A NÉVOA

RAGNAR JÓNASSON

Traduzido por Isabela Figueira

PRÓLOGO

Fevereiro, 1988

Hulda Hermannsdóttir abriu os olhos.

A sensação de letargia era tão pesada e implacável que ela sentia como se tivesse sido drogada. Poderia ter dormido o dia todo naquela cadeira dura. Ainda bem que ela, enquanto detetive, tinha um escritório só para si. O que significava que podia fechar a porta para o mundo e esperar as horas passarem, fosse olhando para o nada ou descansando os olhos. Enquanto isso, os documentos continuavam empilhados na mesa à sua frente. Desde que voltara de sua licença, há duas semanas, ela não havia trabalhado em um único caso.

Essa negligência não passou totalmente despercebida pelo seu chefe, Snorri, embora ele a estivesse tratando com paciência e respeito. O fato era que ela simplesmente tinha que voltar a trabalhar, não suportaria passar mais um minuto enfiada em casa com Jón. Até mesmo a beleza estonteante da casa deles em Álftanes não fez efeito naqueles dias. Ela estava surda para o barulho das ondas e cega para as estrelas e para a aurora boreal brilhando no céu. Ela e Jón dificilmente se falavam e ela havia desistido de iniciar qualquer conversa com ele, embora ainda respondesse se ele se dirigisse diretamente a ela.

A escuridão de fevereiro não ajudava em nada. Era a época mais fria e cinzenta do ano e o clima parecia piorar a cada dia. Como se as coisas não estivessem ruins o bastante, a neve havia chegado com força naquele mês, enterrando a cidade em uma camada abafada e entupindo suas ruas.

Os carros ficavam presos nelas e Hulda teve que ser muito habilidosa para dirigir seu Skoda pelas estradas secundárias de Álftanes, apesar de seus pneus para neve, antes de chegar em segurança à estrada principal de Kópavogur.

Por um tempo, ela realmente duvidou de que um dia voltaria ao trabalho. Na verdade, duvidava se um dia sairia de casa novamente ou se encontraria forças para sair de baixo do edredom. No fim, havia apenas duas opções: ficar em casa com Jón ou ficar sentada em seu escritório do amanhecer ao anoitecer, mesmo que conquistasse pouco em termos de trabalho.

Tendo optado pelo escritório, ela lutou para se concentrar, mas, ao contrário disso, passou os dias movendo documentos e relatórios de uma pilha para a outra, tentando lê-los, mas se sentindo incapaz de se concentrar. As coisas não podiam continuar assim, ela raciocinou, tinham que melhorar. Claro, ela nunca superaria seu sentimento de culpa — sabia disso —, mas a dor seria inevitavelmente atenuada com o tempo. Poderia, pelo menos, se agarrar a essa esperança. Por enquanto, a raiva de Jón, longe de se dissipar, estava crescendo e se agravando. A cada dia que passava, podia sentir a raiva e o ódio se agitando ainda mais corrosivamente dentro de si. Ela sabia que não estavam lhe fazendo bem, mas não podia controlar suas emoções. De alguma maneira, ela tinha que encontrar uma solução para eles...

Quando o telefone tocou em sua mesa, Hulda não reagiu. Perdida em um mundo sombrio e privado, nem ao menos olhou para ele, até tocar várias vezes. Então, finalmente, movendo-se lentamente, como se estivesse debaixo d'água, ela atendeu.

"Hulda."

"Alô, Hulda. Snorri falando."

Imediatamente se sentiu inquieta. Seu chefe não costumava ligar para ela, a menos que fosse algo urgente. O contato deles normalmente limitava-se a reuniões matinais e, via de regra, ele não interferia muito no andamento diário de suas investigações.

"Ah, olá", disse após um pequeno atraso.

"Você poderia vir me ver? Surgiu uma coisa."

"Estou indo."

Ela desligou o telefone, levantou-se e verificou sua aparência no pequeno espelho que mantinha guardado em sua bolsa. Por mais terrível que se sentisse, estava determinada a não demonstrar nenhum sinal de fraqueza no trabalho. Claro, nenhum de seus colegas duvidava do estado em que ela se encontrava, mas o que temia mais do que tudo era ser mandada para a licença compassiva novamente. O único meio de se agarrar ao que restava de sua sanidade era se manter ocupada.

Snorri a cumprimentou com um sorriso assim que ela adentrou seu escritório, que era muito maior que o dela. Sentindo ondas de simpatia emanando dele, xingou baixinho, temendo que qualquer demonstração de bondade dele minasse seu autocontrole duramente conquistado.

"Como você está, Hulda?", ele perguntou, indicando um assento antes que ela tivesse a chance de responder.

"Tudo bem, tudo bem, dadas as circunstâncias."

"O que está achando de voltar ao escritório?"

"Estou entrando em ação novamente. Amarrando as pontas soltas de alguns casos do ano passado. Está tudo dando certo."

"Tem certeza de que está dando conta?", Snorri perguntou. "Ficarei feliz em lhe conceder mais tempo de folga, caso precise. Claro, *nós* precisamos de você aqui, como você sabe, mas queremos ter certeza de que você está preparada para lidar com os casos mais desafiadores."

"Entendo."

"E você está?"

"Estou o quê?"

"Preparada?"

"Sim", ela mentiu, olhando-o diretamente nos olhos.

"Certo. Bem, nesse caso, algo novo apareceu e gostaria que você investigasse, Hulda."

"Ah?"

"Um caso feio."

Ele fez uma pausa antes de franzir a testa e enfatizar suas palavras com um aceno de braço. "Uma *chacina*, na verdade. Uma suspeita de assassinato no leste. Precisamos enviar alguém agora mesmo para lá. Desculpe descarregar isso em você logo após seu retorno, mas ninguém mais com sua experiência está disponível no momento."

Hulda pensou que ele poderia ter feito um trabalho melhor para isso parecer um elogio, mas não importava.

"Claro que posso ir. Estou perfeitamente preparada", ela respondeu, ciente de que era uma mentira. "Para os lados do leste?"

"Ah, uma fazenda a quilômetros de algum lugar. É inacreditável que alguém ainda esteja se dedicando à agricultura por lá."

"Quem é a vítima? Já sabemos?"

"A vítima? Oh, desculpe, Hulda, não lhe contei toda a história. Não estamos falando de apenas um corpo..." Ele parou. "Aparentemente, a descoberta foi horrível. Não está claro há quanto tempo os corpos estavam por lá, mas estão achando que, pelo menos, desde o Natal..."

PARTE UM

Dois meses antes – pouco antes do Natal de 1987

I

Fim.
Erla largou o livro e recostou-se na velha poltrona, suspirando profundamente.
    Ela não fazia ideia da hora. O relógio de pêndulo na sala de estar havia parado de funcionar há algum tempo; na verdade, devia fazer muitos anos. Eles não tinham ideia de como consertá-lo e era tão pesado e desajeitado que nunca haviam pensado seriamente em carregá-lo para o velho jipe e levá-lo para o vilarejo através da estrada esburacada. Eles não faziam ideia se caberia no carro nem se alguém no vilarejo teria as habilidades necessárias para consertar um mecanismo tão antigo. Então ficou onde estava, reduzido à condição de um simples ornamento. O relógio pertencera ao avô de seu marido Einar. A história era que ele o havia trazido da Dinamarca, onde havia feito faculdade de Agronomia antes de voltar para casa e assumir a fazenda. Isso era o que esperavam dele, como Einar costumava dizer. Depois, foi a vez de seu pai, antes de, finalmente, o bastão ser passado a Einar. Seu avô estava morto há muito tempo; seu pai também falecera. Cultivar por ali, até mesmo viver por ali, cobrou seu preço físico e mental.
    Ela percebeu que estava muito frio. Claro, era de se esperar nessa época do ano. A casa estava sentindo o passar dos anos e, quando o vento soprava de um determinado canto, a única maneira de se aquecer em um dos cômodos, como ali, na sala de estar, era envolver-se em um cobertor

grosso, como ela havia feito. O cobertor mantinha seu corpo confortável, mas suas mãos, saindo por baixo dele, estavam tão geladas que era difícil virar as páginas. Ainda assim, ela aguentava firme. A leitura dava-lhe mais prazer do que qualquer outra coisa. Um bom livro poderia transportá-la para muito, muito longe, para um mundo diferente, para outro país, outra cultura, onde o clima era mais quente e a vida, mais fácil. Isso não significava que ela fosse ingrata ou descontente com a fazenda, ou sua localização, não de verdade. Afinal, era a casa da família de Einar, então o que lhe restava era fazer de um limão uma limonada. Crescendo na Reykjavik do pós-guerra, Erla nunca sonhara se tornar a esposa de um fazendeiro nas selvagens terras altas da Islândia, mas, quando conheceu Einar, imediatamente se apaixonou. Então, quando ainda tinham vinte e poucos anos, Anna veio junto.

    Ela pensou em Anna, cuja casa estava em melhor estado do que a deles. Havia sido construída muito mais recentemente, a pouca distância, originalmente para alocar arrendatários. Ainda assim, eles não conseguiam se visitar quando o tempo fechava assim. Normalmente, Einar deixava o jipe parado durante os meses mais rigorosos do inverno; a tração nas quatro rodas, os pneus para neve e as correntes pouco ajudavam quando a neve começava a cair para valer, dia após dia. Nessas condições, era mais fácil sair a pé ou em esquis *cross-country*; por sorte, ela e Einar eram esquiadores bastante competentes. Teria sido divertido esquiar mais vezes — mesmo que apenas um punhado de vezes — para testar suas habilidades em pistas apropriadas, mas nunca houve muito tempo para esse tipo de coisa. O dinheiro também sempre foi apertado; na fazenda, o lucro praticamente empatava com as despesas, de modo que não podiam gastar muito em atividades de lazer ou viagens. Raramente conversavam sobre isso. O objetivo agora, como sempre, era evitar quebrar, manter a fazenda funcionando e no azul, se possível. Ela sabia que, para Einar, a honra da família estava em jogo; ele carregava um pesado fardo ancestral e seus antepassados eram como uma presença invisível, sempre o espreitando.

Seu avô, Einar Einarsson, o primeiro, mantinha os olhos neles na parte mais antiga da casa, onde Erla estava sentada agora, a estrutura original de madeira que ele havia construído "com suas próprias mãos, com sangue, suor e lágrimas", como seu esposo havia dito uma vez. O pai de Einar, Einar Einarsson, o segundo, presidiu o que Erla chamava de ala nova, a extensão de concreto que agora abrigava os quartos e fora construída quando seu marido, Einar Einarsson, o terceiro, era uma criança.

Erla não sentia a mesma reverência por seus antepassados. Raramente falava sobre eles. Seus pais, que eram divorciados, moravam no sul e ela dificilmente via suas três irmãs. Claro, a distância desempenhou seu papel, mas a verdade é que sua família nunca fora muito unida. Depois que seus pais se separaram, suas irmãs haviam parado de se esforçar para manter contato e as reuniões familiares eram poucas e muito espaçadas. Erla não derramou muitas lágrimas pelo fato. Teria sido bom ter sua própria rede de apoio a que recorrer; em vez disso, havia se tornado membro da família de Einar e focava em cultivar um relacionamento com eles.

Ela não se mexeu na poltrona. Ainda não tinha força para se levantar. Afinal, não havia para onde ir além da cama e ela queria continuar acordada um pouco mais, saboreando a paz e a tranquilidade. Einar havia adormecido horas antes. Para ele, acordar cedo era uma virtude e, de qualquer forma, ele tinha que alimentar as ovelhas. Nessa época do ano, pouco antes do Natal, com os dias mais curtos, Erla não conseguia ver nenhum motivo plausível para sair da cama logo de cara, enquanto ainda estava escuro. Não começaria a clarear até por volta das onze e, em sua opinião, era muito cedo para acordar em dezembro. Com o passar dos anos, o casal aprendeu a não brigar por diferenças triviais como quando sair da cama. Não era como se recebessem muitas visitas ali, então não tinham escolha a não ser um ao outro. Eles ainda se amavam também, talvez não como antigamente, quando se conheceram, mas o amor deles amadureceu à medida que seu relacionamento se fortaleceu.

Erla se arrependeu de ter devorado o livro tão depressa; ela deveria ter enrolado um pouco mais. Na última vez que foram juntos ao vilarejo, havia pegado emprestado quinze romances da biblioteca, quantidade acima do limite, claro, mas ela tinha um acordo especial, como era de se esperar devido às circunstâncias. Ela foi autorizada a ficar com os livros emprestados por mais tempo do que o normal, às vezes por até dois ou três meses, quando o clima estava muito ruim. Agora, contudo, ela tinha lido os quinze; esse havia sido o último. Havia terminado rápido, embora só Deus soubesse quando ela voltaria à biblioteca. Teria sido injusto pedir a Einar para buscar mais livros quando ele esquiou até o vilarejo no outro dia, pois eles só o teriam sobrecarregado. Ela foi dominada pela sensação familiar de vazio que a atacava sempre quando algo terminava e ela sabia que não tinha chance de substituí-lo. Estava presa ali. Descrever o sentimento como vazio realmente não fazia jus; seria mais verdadeiro dizer que ela se sentia quase como uma prisioneira naquele lugar deserto.

Toda conversa sobre claustrofobia era proibida na fazenda, era um sentimento que tinham que ignorar, porque de outra forma poderia facilmente se tornar insuportável.

Sufocante...

Sim, havia sido um livro realmente bom, o melhor dos quinze. Mas não tão bom a ponto de encarar uma releitura. Ela havia lido todos os outros livros, aqueles que compraram ou herdaram com a casa; alguns deles, repetidamente.

Seu olhar foi parar no abeto no canto da sala de estar. Pela primeira vez, Einar havia se esforçado em selecionar um espécime bonito. O aroma que enchia o pequeno ambiente era um lembrete aconchegante de que o Natal estava chegando. Eles sempre fizeram o possível para banir a escuridão, ainda que brevemente, durante a época festiva, convertendo a solidão deles em um isolamento acolhedor. Erla apreciou o pensamento de que, durante essa temporada de paz e descanso do trabalho, eles seriam deixados completamente sozinhos, literalmente, porque ninguém jamais conseguiria vir para um lugar tão isolado no meio da neve, a menos que fosse incomumente determinado. E, até agora, isso nunca havia acontecido.

A árvore ainda não havia sido decorada. Era uma tradição familiar fazer isso no dia vinte e três de dezembro, dia da missa de São Torlaco,[1] mas já havia alguns pacotes embaixo dela. Não adiantava tentar esconder os presentes um do outro, já que todos haviam sido comprados há muito tempo. Afinal, não era como se pudessem correr até as lojas na véspera de Natal para comprar itens que haviam esquecido, como presentes de última hora ou creme para o molho.

Havia livros embaixo da árvore, certamente sabia disso, e era muito tentador abrir um antes da hora. Einar sempre lhe dava alguns romances, e a coisa pela qual mais ansiava no Natal era descobrir quais eram, então sentar-se na poltrona com uma caixa de chocolates e uma tradicional bebida de malte e ler até tarde da noite. Todos os preparativos foram feitos. A caixa de chocolates estava fechada sobre a mesa de jantar. A bebida de malte e laranja[2] estava na despensa e ninguém tinha permissão para tocar nela até o início oficial das festividades, que, segundo a tradição islandesa, era às seis da tarde do dia vinte e quatro, quando os sinos tocavam para a missa de Natal. Nem é preciso dizer que eles fariam o prato habitual de cordeiro

---

1 São Torlaco é o santo padroeiro da Islândia. (N. do E.)

2 Trata-se de uma tradicional bebida islandesa que combina cerveja de malte e refrigerante de laranja, muito popular durante a temporada natalina. (N. do E.)

defumado, ou *hangikjöt*, no jantar de Natal da noite do dia vinte e quatro. Como no ano passado, e no anterior; como em todos os anos...

Erla levantou-se, um pouco rígida, sentindo o frio em sua carne no momento em que emergiu de seu casulo aquecido. Dirigindo-se à janela da sala de estar, ela afastou a cortina e olhou para a escuridão. Estava nevando. Ela sabia disso. Sempre nevava ali no inverno. O que mais ela poderia esperar da Islândia, vivendo tão afastada, tão acima do nível do mar? Ela sorriu, ironicamente: este não era um lugar para as pessoas, não nesta época do ano. A teimosia dos ancestrais de Einar era admirável, mas agora Erla sentia como se estivesse sendo punida pelas decisões deles. Graças a eles, ela estava presa aqui.

A fazenda tinha que continuar, custasse o que custasse. Não que quisesse reclamar — claro que não. Várias fazendas na vizinhança — se é que podia chamar um lugar amplo e escassamente povoado de vizinhança — haviam sido abandonadas na última década e a reação de Einar era sempre a mesma: ele amaldiçoava aqueles que se mudavam pela covardia de desistir tão facilmente. E, de qualquer maneira, se desistissem da fazenda, do que viveriam? Eles não podiam ter certeza de que a terra valeria alguma coisa se tentassem vendê-la, e outras oportunidades de trabalho eram escassas por ali. Ela simplesmente não podia imaginar Einar querendo trabalhar para outra pessoa após ser seu próprio chefe durante a maior parte da vida.

"Erla", ela o ouviu chamando do quarto, a voz rouca. Ela tinha certeza de tê-lo escutado roncar mais cedo. "Por que você não vem para a cama?"

"Estou indo", ela disse, e apagou o abajur da sala de estar, depois assoprou a vela que havia acendido na mesa ao seu lado para criar um ambiente aconchegante enquanto estava lendo.

Einar acendera a luz. Ele estava deitado em seu lado da cama, como de costume: o copo de água, o despertador e o romance de Laxness na mesa de cabeceira. Erla o conhecia o suficiente para perceber que ele achava que parecia bom ter um clássico como Laxness ao lado da cama, embora, na prática, nunca fizesse muito progresso com ele à noite. Eles possuíam a maioria das obras de Halldór Laxness e ela as havia lido e relido, mas o que Einar realmente lia hoje em dia eram jornais e revistas, ou artigos sobre o paranormal. Claro, os jornais deles estavam sempre desatualizados, alguns muito mais do que outros: nessa época do ano, podiam passar meses entre um jornal e outro. No entanto, mantiveram a assinatura do jornal do partido, cujos exemplares se amontoavam no correio até que fizessem uma visita, e de muitos periódicos, como o *Reader's Digest*.

Embora o interesse de Einar pelos assuntos atuais fosse perfeitamente compreensível, ela não conseguia ver atração nenhuma em histórias de fantasmas ou livros de médiuns sobre o mundo espiritual, não quando viviam em um lugar misterioso como este.

No inverno, não passava um dia sem que ela testemunhasse algo que lhe dava arrepios. Ela não acreditava em fantasmas, mas o isolamento, o silêncio, a maldita escuridão, todos combinados para amplificar cada rangido do assoalho e das paredes, o gemido do vento, as cintilações de luz e sombra, faziam-na se perguntar se talvez, no final das contas, ela devesse acreditar em fantasmas. Talvez isso tornasse a vida mais suportável.

Era só quando ela se sentava para ler um livro à luz de velas, imersa em um mundo desconhecido, que os fantasmas em sua cabeça perdiam todo o poder de assustá-la.

Erla se deitou na cama e procurou por uma posição confortável. Ela tentou ansiar pela manhã, mas não foi fácil. Erla queria ser tão enfeitiçada por este lugar — pela solidão — quanto Einar era, mas não conseguia se sentir assim, não mais. Ela sabia que o dia seguinte não seria melhor, que não seria muito diferente do dia que acabara de terminar. O Natal trazia uma breve variação na rotina deles, mas era só isso. A véspera de Ano-Novo era apenas um dia como outro qualquer, embora sempre fizessem uma refeição especial, mas não soltavam fogos de artifício há muito tempo. Como fogos de artifício eram considerados itens perigosos, eles eram vendidos apenas por um período limitado, o que significava que nunca estavam disponíveis quando ela e Einar faziam sua viagem antes do Natal ao vilarejo para abastecer a casa. Essa viagem acontecia normalmente em novembro, antes da neve piorar, e seria difícil justificar fazer outra viagem especial no inverno rigoroso apenas para comprar alguns foguetes e estrelinhas. Além disso, ambos concordavam que soltar fogos de artifício no meio do nada era um pouco sem sentido. Pelo menos, foi isso que Einar disse e, como de costume, ela aquiesceu, embora, no fundo de seu coração, sentisse falta da explosão de cores com as quais eles costumavam saudar o Ano-Novo.

"Por que você está acordada até tão tarde, amor?", ele perguntou gentilmente.

Ela viu pelo despertador que não eram nem vinte e três horas, mas ali, na escuridão perpétua, o tempo tinha pouco significado. Eles viviam de acordo com seu próprio ritmo, indo para a cama muito cedo, acordando muito cedo. Sua rebeldia silenciosa, que consistiu em ficar acordada lendo, não teve muito propósito.

"Estava terminando meu livro", ela disse. "Só não estava com sono. E estava pensando se deveríamos ligar para Anna para ver se ela está bem." Respondendo a sua própria pergunta, acrescentou: "Mas provavelmente é muito tarde para ligar agora."

"Posso apagar a luz?", ele perguntou.

"Sim, faça isso", ela respondeu, relutante. Ele apertou o interruptor e eles foram engolfados pela escuridão. Tão intransigente, mas tão quieta. Nem a luz mais fraca podia ser avistada. Ela conseguia *sentir* a neve caindo lá fora; sabia que não iriam a lugar algum tão cedo. Essa era a vida que tinham construído para si próprios. Não havia nada a ser feito, a não ser suportá-la.

II

Já passava muito das vinte e duas horas. Hulda estava parada do lado de fora da porta da frente, remexendo em sua bolsa à procura das chaves de casa e xingando baixinho. Ela não conseguia enxergar nada. A lâmpada sobre a porta havia queimado e o brilho das luzes da rua era fraco demais para ajudar.

Jón prometera comprar outra lâmpada, mas, obviamente, ele ainda não o havia feito. Eles viviam no campo, perto do mar na península de Álftanes, longe do brilho das luzes da cidade. Ela sempre pensou que aquele era um bom lugar para viver, mas uma sensação de melancolia havia pairado sobre a família nos últimos meses, como se o céu estivesse nublado.

Finalmente Hulda encontrou suas chaves. Ela não queria tocar a campainha caso Jón e Dimma estivessem dormindo. Ela havia esperado chegar em casa ainda mais tarde, já que deveria estar no turno da noite, mas desta vez as coisas estavam calmas, então Snorri a deixara sair mais cedo. Ele era bastante perspicaz, tinha que admitir, e provavelmente sentia que nada estava bem em sua casa. Ela e seu esposo, Jón, trabalhavam demais, e seus horários não eram nada convencionais. Jón era um investidor autônomo e atacadista e, embora teoricamente devesse ter um controle considerável de seu tempo, na prática passava longas horas fechado no seu escritório em casa ou em reuniões na cidade. Sempre que havia muita coisa acontecendo, esperava-se que Hulda fizesse horas extras, e, quando necessário, tinha que fazer em tardes e noites, assim como trabalhar em feriados. Este ano, por exemplo, estava de plantão no dia de Natal. Com sorte, não haveria nada a fazer e ela estaria em casa em um horário razoável.

Tudo estava quieto na casa. As luzes da sala de estar e da cozinha estavam apagadas e Hulda imediatamente notou que não havia cheiro de comida no ar. Pareceu que mais uma vez Jón não se preocupara em preparar o jantar para ele e para a filha deles. Ele devia garantir que Dimma fosse alimentada; ela não podia viver só de Cheerios do café da manhã ao jantar. De nada ajudaria a melhorar sua disposição nunca fazer uma refeição completa, e ultimamente já estava sendo difícil o bastante lidar com ela. Estava com treze anos e sua adolescência não havia começado bem. Ela estava negligenciando seus colegas de escola e passando suas noites sozinha em casa, trancada em seu quarto. Hulda sempre presumiu que Álftanes seria um lugar maravilhoso para se criar uma criança, uma boa mistura de campo com cidade, razoavelmente perto de Reykjavik, mas com mais espaço ao ar livre na porta de casa e bastante ar puro do mar. Agora, porém, ela tinha que admitir que a decisão de viver ali podia ter sido um erro: talvez devessem ter se mudado para mais perto do centro da cidade, para dar mais vida social à filha.

Hulda estava parada no corredor quando a porta de Dimma abriu inesperadamente e Jón saiu.

"Já de volta?", ele perguntou, olhando-a com um sorriso. "Tão cedo? Pensei que teria que ficar acordado até tarde para ter uma chance de te ver."

"O que você estava fazendo no quarto de Dimma? Ela está dormindo?"

"Sim, dormindo profundamente. Eu estava apenas dando uma olhada nela. Ela parecia tão indisposta esta noite. Só queria ter certeza de que estava bem."

"Oh, ela está com febre?"

"Não, nada disso. A testa dela está bem fria. Acho que é melhor deixá-la dormir. Ela parece tão deprimida."

Jón se aproximou, colocou os braços em volta de Hulda e a conduziu para a sala de estar.

"Por que não tomamos uma taça de vinho, amor? Eu fui ao *Ríki* hoje e comprei duas garrafas de vinho tinto."

Hulda hesitou, ainda preocupada com Dimma. Algo parecia estranho, mas ela afastou o pensamento. O fato era que ela precisava relaxar depois de um cansativo dia de trabalho; seu trabalho já a consumia o suficiente. Talvez Jón estivesse certo, talvez ela precisasse apenas de uma bebida para relaxar antes de ir para a cama.

Ela tirou o casaco, colocou-o nas costas do sofá e se sentou. Jón foi para a cozinha e retornou com uma garrafa e duas taças antigas que pertenceram aos avós dela. Ele puxou a rolha com esforço e as encheu. Esse era um luxo incomum. Não apenas o imposto sobre o álcool era impeditivo, como era difícil, para ambos, conseguir ir até o *Ríki,* por conta de seu horário de funcionamento restrito.

"Vinho tinto! De repente ficamos muito extravagantes. O que estamos comemorando?"

"O fato de eu ter tido um bom dia", ele disse. "Acho que finalmente consegui vender aquele prédio na Hverfisgata. O banco está no meu pé, ameaçando tomá-lo. Bando de malditos burocratas. Não fazem ideia de como os negócios funcionam. De qualquer forma, saúde!"

"Saúde."

"Há momentos em que eu realmente gostaria de morar no exterior, ou em algum lugar com bancos melhores. É tão frustrante tentar trabalhar em um ambiente onde tudo se resume à política e os bancos são todos administrados por ex-políticos. É loucura. Apoio o partido errado e estou sofrendo as consequências", ele suspirou, ofendido.

Hulda ouviu sem atenção. Ela não tinha paciência para acompanhar todos os meandros das intermináveis complicações financeiras de Jón. Tinha problemas suficientes no trabalho, mas havia decidido não os trazer para casa, como ele costumava fazer. Ela tinha total confiança em suas habilidades com os negócios; ele parecia conhecer todos os truques. Em um minuto ele estava comprando uma propriedade de primeira, a próxima coisa que se sabia é que ele a havia vendido por uma grande quantidade de dinheiro e, no restante do tempo, estava ocupado montando seu negócio por atacado. Ela tinha que admitir, ele certamente lhes garantiu uma renda confortável ao longo dos anos. Eles possuíam uma casa confortável, dois carros e podiam se dar alguns luxos, como levar Dimma para jantar uma ou duas vezes ao mês, geralmente na lanchonete favorita da família. Reykjavik, a apenas dez minutos de carro, tinha tão poucos restaurantes que mesmo ir até um fast-food contava como uma ocasião especial. Pensando nisso, fazia um bom tempo desde a última vez que saíram para uma refeição em família. Dimma parecia ter parado de querer passar mais tempo com seus pais e recusara vários convites para sair com eles nas últimas semanas e meses.

"Jón, por que não saímos amanhã para jantar?"

"No dia de São Torlaco? Todos os lugares estarão lotados."

"Estava pensando no nosso lugar de sempre, sair para comer um hambúrguer e fritas."

"Hum..." Após uma breve pausa, ele disse: "Vamos esperar para ver. Com certeza estará lotado e o trânsito da hora do *rush* é sempre tão complicado perto do Natal. Não esqueça que também precisamos decorar a árvore."

"Ah, droga", ela disse. "Esqueci de pegar uma hoje."

"*Hulda*, você prometeu que tomaria conta disso. Não há um lugar que vende árvores de Natal perto do seu escritório?"

"Sim, eu passo por lá todos os dias."

"Então você não pode passar lá e comprar uma manhã? Vamos acabar com aquelas espinhosas que foram rejeitadas."

Após um momento de silêncio, Hulda mudou de assunto. "Você comprou mais alguma coisa para Dimma? Conversamos sobre comprar para ela algumas joias, não foi? Eu comprei aquele livro que acho que ela quer — ela sempre gostou de ler no Natal. E fiquei sabendo que minha mãe tricotou um suéter para ela, então pelo menos estará a salvo do Gato de Natal." Hulda deu um sorrisinho de sua própria piada, uma referência a um gato maligno que, conforme o folclore, comia crianças islandesas que não ganhavam roupas novas no Natal.

"Não sei o que ela quer", Jón disse. "Ela não deixou escapar nenhuma dica, mas vou resolver isso amanhã." Então ele acrescentou com uma gargalhada: "Você realmente acha que ela irá usar um suéter tricotado pela sua mãe?" Antes que Hulda pudesse reagir, continuou: "Este vinho é ótimo, não é? Certamente valeu o que custou."

"Sim, não é ruim", ela disse, embora não estivesse suficientemente acostumada com vinho tinto para ser capaz de diferenciar o sabor entre um vinho porcaria e um bom. "Não faça chacota de mamãe; ela está fazendo o melhor que pode." Embora não fosse tão próxima à sua mãe quanto gostaria, às vezes Hulda se magoava com o jeito que Jón falava dela. Tinha que admitir, Hulda sempre quis que Dimma conhecesse a avó apropriadamente e pelo menos isso havia dado certo.

"Sua mãe não aparece por aqui há muito tempo, não é?", Jón comentou e Hulda sabia que o tom levemente provocativo em sua voz escondia uma crítica subjacente, direcionada à Hulda ou à sua mãe, ela não tinha certeza. Talvez às duas.

"Não, a culpa é minha. Para ser honesta, tenho estado tão ocupada que não tive tempo de convidá-la para nos visitar." Isso era meia-verdade. O fato era que, particularmente, ela não apreciava a companhia de sua mãe. O relacionamento delas sempre fora muito restrito e sua mãe era tão sufocante... Elas nunca conversavam sobre algo que realmente importasse.

Hulda passara quase todos os dois primeiros anos de sua infância em um lar para crianças e ansiava por perguntar para sua mãe sobre o passado, sobre por que ela havia sido deixada lá. Ela suspeitava de que os avós eram os principais culpados, mas, de alguma forma, achou mais fácil perdoá-los do que a sua mãe. Naturalmente, ela era muito nova para ter alguma lembrança do tempo que passou naquele lar, mas desde que soube disso, mais tarde, pelo seu avô, a ciência do fato a assombrava. Talvez isso explicasse sua incapacidade de se conectar com sua mãe: a sensação de ter sido abandonada, de que não tinha sido amada, era difícil de suportar.

Ela tomou outro gole do vinho caro de Jón. Pelo menos, agora era amada. Bem-casada com Jón, mãe de uma filha querida. Por Deus, ela esperava que Dimma sacudisse a poeira no Natal.

Só então ela ouviu um som que veio do corredor.

"Ela está acordada?", Hulda perguntou, começando a levantar-se.

"Sente-se, amor", Jón disse, colocando a mão em sua coxa. Ele estava a segurando com força desnecessária, pensou, mas não protestou.

Então ela ouviu a porta fechar e o barulho da fechadura.

"Ela só foi ao banheiro. Acalme-se, amor. Precisamos dar um pouco de espaço a ela. Ela está crescendo tão rápido."

Claro que ele estava certo. A adolescência traz grandes mudanças e sem dúvida cada criança lida de um jeito diferente. A fase passaria e talvez Hulda simplesmente precisasse recuar um pouco. Como mãe, ela tinha que lidar com emoções tão poderosas, mas, às vezes, sabia que seria melhor se apenas relaxasse.

Eles se sentaram em um silêncio sociável por um tempo, algo em que sempre foram bons. Jón completou a taça de Hulda, embora não tivesse a esvaziado ainda, e ela o agradeceu.

"Não deveríamos comprar um pernil para o dia vinte e quatro, como de costume?", Jón perguntou. Ele obviamente ainda não havia percebido que o pernil estava devidamente guardado no fundo da geladeira.

"Vocês dois não jantaram?", Hulda perguntou em resposta. "E, sim, já comprei o pernil."

"Não deu tempo. Peguei um sanduíche no caminho de casa e Dimma está acostumada a preparar alguma coisa para ela. Sempre há *skyr*[3] ou alguma coisa na geladeira, não é?"

Hulda assentiu.

"Muito trabalho?", ele perguntou amigavelmente, mudando de assunto.

"Na verdade, sim. Estamos sempre fazendo malabarismos com muitos casos. Não tem gente suficiente."

"Ah, fala sério, nós vivemos em um dos países mais pacíficos do mundo."

Ela apenas sorriu, na tentativa de encerrar o assunto. Alguns dos casos com os quais ela lidou foram profundamente angustiantes e não desejava

---

3 *Skyr* é um produto lácteo islandês semelhante ao iogurte. É feito de leite fermentado, com ajuda das bactérias *Streptococcus thermophilus* e *Lactobacillus bulgaricus*, até ter uma forma final de líquido grosso, rico em proteína e com pouco teor de gordura. Faz parte da culinária típica da Islândia desde a Idade Média. (N. do T.)

discuti-los com ele. Depois, houve o incidente que não parava de atormentá-la, embora tivesse acontecido no outono: a jovem que havia desaparecido em Selfoss. Foi uma coisa muito estranha. Talvez não fosse ruim olhar os arquivos novamente amanhã.

Houve outro som vindo do corredor. Hulda levantou-se automaticamente, ignorando o protesto de Jón.

Ela saiu no corredor e viu Dimma parada em frente à porta do quarto dela, prestes a entrar. Ela parou, olhos fixos nos de sua mãe, seu rosto tão inexpressivo como se estivesse em um mundo próprio.

"Dimma, querida, você está acordada? Está tudo bem?", Hulda perguntou, com uma nota de desespero em sua voz.

Ela deu um pulo quando de repente Jón pôs um braço em volta dos ombros dela, segurando-os com firmeza. Dimma olhou para eles de volta, sem dizer uma palavra, então entrou em seu quarto.

III

Erla sentou-se em frente a Einar à mesa da cozinha. Ao fundo, a voz do locutor lendo as notícias do meio-dia competia com o chiado no velho rádio de onda longa. A recepção sempre fora ruim ali e haviam lhes informado que tinham sorte de poder escolher qualquer transmissão. Ainda assim, embora a qualidade da transmissão variasse, normalmente conseguiam entender o que estava sendo dito, mesmo quando a interferência estava no seu pior. Para Erla, o rádio era uma salvação, quase uma condição para a continuação de sua existência ali. Apesar de ser uma leitora ávida, não conseguia pensar em suportar os meses de inverno frio e escuro sem o rádio. Seus programas favoritos eram peças de teatro e seriados — na verdade, qualquer coisa que a ajudasse a esquecer das coisas. Geralmente, ela servia o almoço enquanto escutava a última música antes do noticiário, então eles se sentavam e comiam durante o boletim do meio-dia, o que não dava margem para muita conversa. O almoço variava um pouco de dia para dia: pão de centeio, soro de leite para beber e sobras aquecidas da noite anterior, desta vez na forma de ensopado de carne. A cozinha ficou com um cheiro forte e delicioso.

Erla avaliou seu esposo. Ele parecia cansado. Havia olheiras sob seus olhos e sulcos profundos em sua testa, embora tivesse apenas cinquenta e poucos anos. Ele trabalhara duro durante toda a vida, mas não havia fim à vista para o trabalho.

Gradualmente, eles perderam o hábito de visitar velhos amigos e conhecidos de seu distrito e, além disso, ficavam mais ou menos isolados devido ao estado das estradas durante vários meses todos os anos. Einar sempre foi ferrenhamente político, mas agora se contentava apenas em comprar o jornal do partido e votar em todas as eleições. Não se irritava mais com assuntos atuais e havia desistido de discutir sobre política. Por outro lado, como ele e Erla, na maioria das vezes, concordavam um com o outro, não havia ninguém com quem discutir, exceto, talvez, o rádio.

Apesar das promessas intermináveis, eles ainda não conseguiam receber sinal de televisão. Todos os anos, era um ponto de atrito com os responsáveis, mas, até agora, nenhum transmissor cobria a área deles. Por outro lado, talvez fosse uma coisa boa não ficar alienado ainda. Permitia-lhes viver no passado por um pouco mais de tempo; assim ela tentava se convencer. Secretamente, porém, Erla gostaria de poder sentar-se à noite em frente ao noticiário e àquelas séries dramáticas sobre as quais sempre lia no jornal. Hoje em dia, até já havia um segundo canal de TV, mas a ideia de que algum dia seriam capazes de receber suas transmissões naquele vale remoto não passava de uma ilusão.

"A temperatura está caindo, ele diz", murmurou Einar após a previsão do tempo.

Suas conversas durante as refeições muitas vezes giravam em torno do clima. Claro, era importante, mas às vezes Erla sentia falta de não poder elevar o nível da conversa.

"Hum", ela disse, não escutando de verdade.

"E mais uma maldita tempestade a caminho. Não vamos ter descanso neste inverno, só neve, neve e mais um monte de neve. Se continuar assim, não sei se nossos estoques de feno irão aguentar até a primavera."

"É assim mesmo, Einar. É o esperado. Digo, é como todos os anos. Sempre ficamos presos aqui."

"Bem, 'presos' é um pouco forte. Claro, é difícil no auge do inverno", ele disse, voltando sua atenção para o ensopado e evitando o olhar de Erla.

Um barulho inesperado a fez pular. Parecia que alguém estava batendo na porta.

Ela olhou para o marido. Ele estava sentado em um silêncio paralisante, com a colher parada no meio dos lábios, atônito. Ele também ouviu.

"Anna?", Erla perguntou. "É você, Anna?"

Einar não respondeu.

"Alguém estava batendo na porta, não estava, Einar?"

Ele assentiu e levantou-se. Erla o seguiu enquanto caminhava pela sala de estar para o hall. Ele pensou que talvez tivessem se enganado e que havia sido apenas um truque do vento.

Mas Erla sabia que não era.

Havia alguém na porta.

IV

Hulda sentou-se na cantina do trabalho, empurrando para baixo pedaços de arraia. Ela não conseguia suportar o cheiro, um cheiro penetrante de mictório, e embora não tivesse um gosto tão ruim como o esperado, ainda estava longe de ser seu prato favorito. Uma vez por ano, no dia de São Torlaco, eles serviam o tradicional *kæst skata,* ou arraia fermentada, na delegacia, e aqueles que não conseguiam aguentar tinham que se contentar com torradas em meio ao fedor pungente, ou sair para pegar alguma coisa na loja da esquina.

Naquela manhã, ela e Jón perguntaram à Dimma se ela gostaria de ir comer um hambúrguer depois que voltassem do trabalho. A sugestão teria sido recebida com alegria nos velhos tempos, mas desta vez Dimma não estava entusiasmada. Ela reclamara de estar sentindo-se mal e certamente parecia um pouco sem cor, mas quando Hulda pôs a mão em sua testa, não havia sinal de febre. Ela ainda não tinha perdido as esperanças completamente de que a garota se animasse mais tarde e então pudessem fazer alguma coisa prazerosa.

Ela também estava determinada a arrastar Dimma com ela para uma expedição familiar à Laugavegur no final da tarde para comprar alguns presentes e vivenciar o clima natalino no centro da cidade, antes de voltar para casa para se aquecer com um chocolate quente. Sim, por que não comprar mais alguma coisinha para colocar embaixo da árvore de Natal para Dimma? Ela poderia se animar. Talvez Hulda pudesse encontrar outro disco para o aparelho de som que sua filha havia ganhado como presente de crisma no início daquele ano. Eles poderiam deixá-la abrir esse pacote nesta noite, após decorarem a árvore.

Uma coisa era certa, eles não a deixariam passar o Natal de mau humor. Hulda e Jón teriam que fazer um esforço em conjunto para tirar sua filha dessa... bem, dessa depressão. Assim que Hulda formulou a palavra mentalmente, a rejeitou. Uma garota de treze anos dificilmente poderia sofrer de depressão. Pensando bem, ela estava envergonhada de exagerar assim. Isso só faria as coisas piorarem. Dimma era apenas uma típica adolescente mal-humorada passando por uma fase de rebeldia. *Vai passar,* Hulda se tranquilizou.

V

Houve outra rodada de batidas, mais altas do que antes. Erla se encolheu novamente. Einar parou perto da porta, incerto por um momento, antes de abri-la. Erla ficou a uma distância segura atrás dele. Eles deram de frente com uma rajada de neve quando os cristais soltos foram trazidos por um golpe de vento, então, piscando, distinguiram o contorno de um homem, bem agasalhado, com um gorro grosso de lã na cabeça.

"Desculpe-me, eu poderia entrar?", ele perguntou em voz baixa.

"Er... sim, sim, claro", Einar disse com uma hesitação pouco característica, e Erla sabia, pelo seu tom de voz, que ele estava com medo. Raramente Einar tinha medo. Mas o homem não parecia ser alguém que conheciam e isso, por si só, era quase inédito. Nunca recebiam visitas no inverno. Nos verões, sim, era diferente: eles sempre abrigavam jovens que trabalhavam em troca de alimento e acomodação.

"Obrigado", o homem disse, atravessando a soleira. "Muito obrigado." Ele tirou a mochila, deslocando bastante neve, e a colocou no chão, depois sentou-se em uma cadeira no hall para remover suas botas.

"De nada", Einar respondeu, soando um pouco mais confiante. "Não recebemos muitas visitas no inverno. Bem, eu disse não muitas, mas *nenhuma* seria mais adequado. Não somos muito fáceis de alcançar."

O visitante assentiu. "Certo." Ele havia removido uma bota e agora, com os dedos dormentes, se atrapalhava com os cadarços da outra. A neve derretida escorria pelo chão. "Desculpe-me", ele disse. "Provavelmente deveria ter tirado minhas coisas lá fora."

"Bobagem, venha para o calor, meu amigo", Einar disse. "Como se nos incomodássemos com um pouco de neve em casa. Isso seria uma coisa boa!"

"Obrigado, vou limpar."

O homem tirou sua outra bota, depois seu casaco. Suas bochechas estavam coradas de frio e seus olhos pareciam vazios e avermelhados de exaustão.

Ele jamais conseguirá chegar em casa para o Natal, Erla pensou. Não era uma perspectiva tão ruim — de um ponto de vista puramente egoísta —, uma vez que raramente tinham companhia durante as festas. Segundo a previsão do tempo que ouvira no rádio há pouco, o clima ia piorar, e seria praticamente impossível para o homem voltar ao vilarejo naquele dia. Especialmente porque ele parecia tão cansado, embora não parecesse estar ferido. Sua primeira reação automática foi checar o nariz dele, bochechas e dedos, em busca de sinais de queimaduras por congelamento, mas tudo parecia bem.

No entanto, ela ficou inquieta. Ela o analisou discretamente; havia algo nele que a deixava nervosa. Algo difícil de explicar. Ela se encolheu instintivamente na sala de estar. Einar ainda estava bloqueando a passagem. Embora ele tivesse convidado o homem para entrar, parecia inseguro. Afinal, não havia como fugir do fato de que um estranho havia entrado na casa deles, sem dar nenhuma explicação do que estava fazendo ali. Sem dúvida, ele iria explicar em um minuto o porquê de sua presença.

"Estávamos acabando de almoçar", Einar disse. "Não quer dar um pulo na cozinha e comer alguma coisa? Você deve estar com fome."

"Na verdade, eu ficaria muito grato", o homem respondeu. "Para falar a verdade, estou faminto."

"Tem pão e acho que sobrou um pouco de ensopado também", Einar disse-lhe.

Erla ficou para trás.

Einar indicou ao homem o caminho para a cozinha, com Erla os seguindo alguns passos atrás. O visitante deu uma boa olhada ao redor, como se fosse a primeira vez que colocasse os pés em uma fazenda na Islândia. E talvez fosse.

Eles sentaram-se à mesa. Estava tocando música clássica no rádio, distorcida pela interferência de sempre. O convidado começou a comer vorazmente e por um tempo ninguém falou. Einar e Erla trocaram olhares. Ela deveria tomar a iniciativa e perguntar o que ele estava fazendo ali?

"É bacana ter uma visita", ela arriscou. "É uma mudança agradável. A propósito, me chamo Erla."

Ela estendeu a mão e ele a apertou.

"E eu sou Einar", acrescentou seu esposo.

"Por favor, desculpem minha falta de educação", o homem disse. "Eu estava tão cansado e com tanta fome. Meu nome é Leó."

"Então, Leó, o que te traz aqui nesta época do ano?"

"É uma longa história", ele disse, e Erla achou ter notado uma tensão subjacente em sua voz. "Eu estava viajando com dois amigos de Reykjavik. Deveríamos ter chegado em casa hoje, mas eu, bem, os perdi." Ele deu um suspiro triste.

"Você os perdeu?"

"Bem, acho que fui o único que se perdeu. Ambos são mais experientes do que eu. Não consigo imaginar como estão se sentindo agora — devem estar morrendo de preocupação."

"O que estavam fazendo na região?"

"Caçando lagópodes. Olha, poderia pegar seu telefone emprestado? Vocês têm telefone?"

Ele empurrou sua cadeira para trás e levantou-se.

"Sim, claro", Einar respondeu. "Pode haver um pouco de ruído com um tempo como esse, mas estava tudo bem na última vez que o usamos..."

"Ontem", Erla interrompeu. "Fizemos uma ligação ontem."

"Está na sala de estar", Einar continuou. "Pode demorar um pouco para conectar, já que é uma linha compartilhada, então você tem que ter paciência."

Leó desapareceu no outro cômodo.

"Não escuto o tom de discagem", ele gritou depois de um tempo.

Einar levantou-se e foi até a sala de estar. "Você não tem que apertar nada, tem que escutar o tom de discagem ao pegar o fone. Embora, como disse, você pode ter que tentar mais de uma vez caso outras pessoas estejam usando a linha."

Erla continuou onde estava, na cozinha, ouvindo os homens tentando repetidamente obter uma conexão.

"Droga", Einar disse quando voltou. "O telefone morreu. A linha deve estar desligada."

"A linha? Mas o que... o quê...?", Erla continuou. "Você tem certeza? Faz muito tempo que isso não acontece."

"Deve ser essa neve pesada", Einar disse. "É um maldito incômodo."

"Será que alguém virá resolver isso?", Leó perguntou.

"Depende. Às vezes temos que esperar um pouco para os engenheiros virem consertar. Não somos prioridade, como você pode imaginar." Einar deu um sorriso irônico. "Receio que isso o coloque em uma situação difícil, não há o que fazer. A estrada é intransitável para o jipe nessas condições. Não saímos daqui no meio do inverno."

"Ah, entendo", disse Leó. "É o seguinte, não sei se me sinto pronto para voltar imediatamente."

"Deus do céu, não, claro que não. Você é bem-vindo para ficar aqui o quanto precisar. Achei apenas que seria urgente enviar uma mensagem para seus amigos, avisando que você está vivo."

"Bem, sim, é mesmo. Só espero que eles não enviem um grupo de busca para me procurar, mas acredito que seja possível."

"Se o fizerem, certamente encontrarão nossa casa", Einar disse.

"Falando nisso, como você nos encontrou?", Erla interrompeu. "Como você sabia que havia casas aqui?"

"O quê? Há mais de uma?"

"Na verdade, há duas", Einar respondeu.

"Não, eu não sabia que alguém morava por aqui", Leó disse.

Erla se sentiu inquieta com essa visita. Ela analisou o homem, que havia se sentado novamente à mesa da cozinha, e tentou descobrir se ele estava dizendo a verdade. Ele era difícil de ler. Seu olhar era intenso e inabalável, mas sua expressão revelava pouco. Ela notou que ele era forte e parecia estar em forma. Deveria ter entre quarenta e cinquenta anos. Apesar do cansaço, não parecia estar em péssimo estado para alguém que acabara de passar por tal provação, mas, claro, as aparências podem enganar.

"Vim parar neste lugar por puro acaso", ele continuou. "Um inacreditável golpe de sorte. Havia marcas aqui e ali saindo da neve, então achei que deveria haver uma estrada e tentei segui-la. Você está falando sério que só existem duas casas em toda essa área?"

"Sim, na verdade, em uma área bem grande", Einar disse.

"Somos só nós dois nesta fazenda", Erla elaborou, "e a casa de nossa filha Anna, que é um pouco longe daqui."

"Você teve muita sorte", Einar disse.

"Sei disso." Leó comeu mais um pouco de ensopado. Erla tinha certeza de que deveria estar frio agora, mas o convidado não parecia se importar.

"Não ouvi nada sobre isso no noticiário do meio-dia", ela comentou, então imediatamente desejou que não tivesse dito isso.

Houve um silêncio tenso. Ela pegou Einar franzindo a testa para ela, claramente irritado com o seu comentário.

"Sobre o quê?" Leó perguntou após uma pausa, embora estivesse claro que ele sabia perfeitamente o que ela queria dizer.

"Sobre você, sobre o fato de você estar desaparecido."

"Oh, bem, agora que você mencionou isso, não me ocorreu que eu poderia acabar no noticiário. Meus amigos são durões. Duvido que iriam direto para a polícia. Na verdade, aposto que continuam tentando me achar sozinhos. Não faz tanto tempo que nos perdemos de vista e eles devem ter um mapa da região, ou pelo menos um deles tem. A fazenda de vocês está no mapa, não está? Espero que estejam vindo para cá enquanto conversamos." Ele sorriu sem jeito.

"Em alguns mapas, sim. Ainda assim, imagino que aparecerão em breve se vocês se separaram nos pântanos perto daqui. Faria sentido."

A conversa acabou e ninguém disse mais nada por um tempo. Erla não gostava de encarar o visitante enquanto ele estava comendo, então ficou olhando de um lado para o outro, entre o marido e a janela. Não estava nevando, mas um vento forte soprava lá fora, enquanto correntes de ar gelado procuravam cada fenda nas paredes ou caixilhos das janelas, entrando por toda a casa. Quando a temperatura despencou, como no dia anterior, no fim da tarde, o aquecedor foi impotente contra o frio. Naquele dia, estava um pouco mais ameno, embora presumivelmente ainda abaixo de zero.

Mas era altamente incomum o mercúrio do termômetro subir acima de zero no meio do inverno.

"Muito obrigado", Leó disse, por fim, com a tigela vazia. Ele havia acabado com a maioria do pão também.

"Você ficará conosco — temos um quarto de hóspedes depois do corredor", Einar disse.

"É muita gentileza sua, obrigado."

"Eu me ofereceria para guiá-lo de volta ao vilarejo amanhã, mas é véspera de Natal, você sabe, então é um pouco difícil me ausentar de casa. E é uma caminhada bem longa — tenho certeza de que entende. Mas você é bem-vindo para passar o Natal conosco. Posso te acompanhar de volta depois, ou apenas te indicar o caminho certo, caso prefira."

"A última coisa que quero fazer é atrapalhar seus planos de Natal", Leó apressou-se em assegurar. "Tentarei sair amanhã cedo, supondo que já tenha me recuperado até lá. Espero cair na cama bem cedo depois da pequena aventura de hoje." Ele parou para bocejar. "E então a primeira coisa que farei será ir embora e deixá-los para desfrutar seu Natal em paz."

Erla ainda se sentia inexplicavelmente nervosa com a presença do visitante; havia algo em relação ao jeito dele se portar que a incomodava, não parecia verdadeiro. Algo vagamente ameaçador. Aquele olhar irritantemente intenso.

"Sua família deve estar se perguntando onde você está", ela disse. Era mais uma afirmação do que uma pergunta.

A reação de Leó foi estranha. Seu rosto se contorceu em uma careta e ele não respondeu imediatamente; então, após uma pausa, respondeu, como se não conseguisse suportar mais o silêncio. "Não, não há ninguém esperando por mim."

"É uma época do ano incomum para uma viagem de caça", Erla insistiu. Ela estava tendo dificuldades em acreditar em uma palavra que ele disse e ficou surpresa por Einar estar sendo tão tolerante. Talvez fosse apenas suas boas maneiras. Como um verdadeiro conterrâneo, seu marido foi criado para nunca negar hospitalidade a ninguém. "Quero dizer, tão perto do Natal."

Novamente, Leó demorou a responder. "Para ser honesto, eu e meus amigos não somos muito fãs do Natal — embora estivéssemos planejando dirigir de volta para a cidade amanhã de manhã. Não que isso fosse possível agora, o que é um pé no saco." Ele sorriu. "Desculpe meu linguajar. Vocês não imaginam o quanto fiquei feliz em ver suas luzes. Eu estava totalmente perdido e morto de medo de... bem, de estar lá fora ao anoitecer."

"Oh, as noites aqui são algo de outro mundo", Erla disse calmamente, mas com tanto sentimento que Leó pareceu um pouco surpreso. "Espero que você não tenha medo do escuro."

"Deus, não, tenho certeza de que ficarei bem. Enfim, o que vocês, er, como vocês passam o tempo aqui nas longas noites de inverno? A TV pega aqui?"

"Não, graças a Deus!", Einar disse com emoção. Erla disparou-lhe um olhar, ciente de que ele estava ansioso para mudar de assunto e impedi-la de continuar o equivalente a um interrogatório ao homem.

"Talvez possamos nos sentar nessa noite e conversar apropriadamente", disse Leó, com uma estranha inflexão em sua voz.

"Erla, por que você não mostra o quarto de hóspedes ao Leó?", Einar pediu.

Ela levantou-se relutantemente. Preferia que Leó fosse embora agora mesmo. Percebendo que estava nervosa por ter que dormir sob o mesmo teto que ele, ela se repreendeu por estar sendo boba. Que motivo ele teria para querer prejudicá-los? E, de qualquer maneira, eram dois contra um.

"Obrigado." Ele sorriu calorosamente, olhando-a diretamente nos olhos, e por um momento ela se sentiu envergonhada de suas suspeitas. Ele era um homem bonito, alto, com cabelo escuro e grosso manchado de cinza. "De novo, muito obrigado. Não sei o que teria acontecido comigo se não tivesse os achado."

Mais uma vez, ela se lembrou de que não havia escutado nada sobre um homem desaparecido no noticiário. Era preocupante, mas, claro, poderia haver uma explicação perfeitamente natural para isso.

"Tenho que ir ver os animais", Einar disse. "Sinta-se em casa, Leó, e sinta-se à vontade para ficar conosco o quanto quiser."

Erla foi na frente em direção ao quarto de hóspedes, que era ao lado do antigo quarto de Anna. Não era muito grande e raramente o usavam, então cheirava a coisas guardadas. Ela abriu uma janela deixando entrar uma corrente de ar gelado que fez as cortinas balançarem descontroladamente. A mobília consistia em um divã velho e surrado, uma cômoda e uma mesa de cabeceira. A cômoda guardava roupas de cama e roupas velhas que não eram mais usadas por eles e por Anna. Em cima, havia algumas fotografias emolduradas, algumas dos pais de Einar e vários parentes, outras de sua própria coleção, incluindo uma foto preta e branca do passado, do primeiro encontro de Erla e Einar, quando eram jovens e tolos e costumavam passar seu tempo livre passeando pelas velhas estradas de cascalho do país em um carro velho e acabado. Até então, estava nas cartas que Einar teria que assumir a fazenda, mas na época ela não tinha entendido completamente o que isso significaria. Inconscientemente, ela esperava que, em vez disso, eles construíssem uma vida juntos na capital, até mesmo tirar férias no exterior, mas nenhum desses sonhos se tornou realidade.

E então havia o retrato de família deles com Anna, uma linda adolescente ruiva.

"Há lençóis ali dentro", ela disse, apontando para a cômoda e tentando não soar muito indiferente.

"Obrigado, obrigado." Ele estava olhando para ela tão intensamente que ela começou a se sentir desconfortável novamente. Era como se ele tentasse entendê-la. Mas talvez, como tantas vezes, ela estivesse simplesmente deixando sua imaginação correr solta.

Ele deu um ou dois passos em sua direção e ela recuou, acreditando, por um momento, que ele iria atacá-la. Mas, para seu alívio, ele parou e disse educadamente: "Acho que vou me deitar. Estou acabado".

Erla assentiu e passou por ele, para fora do quarto.

"Vou encontrar Einar no celeiro. Nos procure caso precise de algo", ela disse. "Com sorte, você estará em casa amanhã", ela acrescentou como despedida e fechou a porta firmemente atrás dela.

Ela não tinha o costume de ajudar Einar a alimentar os animais, já que ele era perfeitamente capaz de se virar sozinho, mas não queria ficar sozinha em casa com aquele estranho. Vestiu uma *lopapeysa*[4] grossa de lã, uma jaqueta acolchoada e suas botas, então saiu no frio. Na verdade, o frio não era a pior parte. Ela gostava de encher os pulmões com o ar limpo soprado pelos ventos de inverno e suas roupas quentes a protegiam do frio. A cena avistada era desolada e inexpressiva, todos os lugares obliterados por uma brancura sufocante. Era um dia cinzento, as nuvens inchadas de neve não derramada movendo-se com o vento forte, e em mais algumas horas tudo ficaria escuro. Era da escuridão que ela não gostava. No inverno, quando as noites chegavam, ela evitava sair de casa se pudesse, para não testemunhar a melancolia incessante estendendo-se até onde os olhos podiam ver, sem qualquer pontinho de luz que pudesse ser avistado em algum lugar para dar-lhe esperança. A casa de Anna era muito longe, escondida por um terreno mais alto, para que o brilho de suas janelas fosse visível. Erla conseguia sair à noite apenas quando a lua estava brilhando. A lua era sua amiga; elas se davam bem. Mas mesmo com o luar, não havia

---

[4] Tradicional suéter islandês normalmente feito de lã de ovelha, com um padrão geométrico ao redor da gola. (N. do E.)

como escapar do isolamento, o maldito isolamento. A consciência esmagadora de que ela não poderia ir a lugar algum; que se qualquer coisa desse errado, talvez não fosse possível conseguir ajuda... Ela rapidamente afastou esses pensamentos.

Embora a neve tivesse dado uma trégua, a julgar pelo céu ameaçador não demoraria muito para ela começar a cair pesadamente de novo. Os montes ficavam bem altos nessa época do ano e congelavam sob temperaturas extremamente baixas, o que durava até fevereiro, se tivessem sorte; talvez até março.

Foi então que avistou as pegadas de Leó. Sem saber o motivo, ela começou a segui-las pela encosta, notando que ele havia realmente seguido pela estrada, como disse. A única estrada. A estrada que saía do vilarejo, primeiro em direção à casa de Anna, depois à fazenda deles.

O hóspede indicou claramente que não havia visto outra casa. Como isso era possível, a menos que estivesse mentindo? Apesar do frio, ela começou a suar sob seu grosso suéter de lã e casaco. Bem devagar, deliberadamente, ela se virou, escutando apenas o gemido do vento, limitada por seu capuz. De repente, ela se convenceu de que o visitante deles, Leó — se esse era realmente seu verdadeiro nome — a seguira até lá fora e estava parado logo atrás dela.

Não havia ninguém lá. Ela estava sozinha na neve, deixando-se ser assustada por fantasmas imaginários, como tantas vezes antes.

Ela começou a caminhar de volta para a casa da fazenda o mais rápido que podia, suas botas afundando nos montes brancos, diminuindo sua velocidade até sentir como se estivesse presa em um sonho ruim, lutando, incapaz de fazer qualquer progresso.

    Finalmente, chegando à porta da frente, a abriu e bateu os pés no tapete para remover o pior da neve, então rapidamente olhou para cima, porque agora havia realmente visto um fantasma. Seu coração deu um salto quando viu o rosto branco de Leó. Ele estava parado no corredor, mas ela podia jurar que ele havia acabado de sair, apressadamente, do quarto dela e de Einar.

VI

"Tudo em que podemos pensar é que ela deve ter aceitado a carona de um homem errado", disse o inspetor de polícia de Selfoss por telefone. "Não temos mais nada que possa esclarecer o caso."

"Entendo", disse Hulda.

O incidente continuar sem solução a incomodava, embora houvesse a chance de o desaparecimento da garota ter sido deliberado. Infelizmente, suicídio não era tão incomum. Mas outra teoria que a polícia havia considerado na época foi que ela poderia ter pegado uma carona com um motorista que a atacou.

A garota, uma jovem de vinte anos do sofisticado subúrbio de Gardabær em Reykjavik, estava tirando um ano sabático entre a escola e a universidade. Ela vinha de uma boa família: seu pai era um advogado, sua mãe, uma enfermeira. Hulda havia falado repetidamente com os pais dela durante a investigação, mas não detectou nenhum indício de problemas em casa. Tudo indicava que ela era uma garota perfeitamente normal que havia simplesmente desaparecido.

"E da parte de vocês?", perguntou o inspetor de Selfoss.

"Da nossa parte?"

"Como vai o inquérito? Você está no comando, não está?"

"Ah, sim, estou", disse Hulda. "Infelizmente, não estamos fazendo nenhum progresso. O caso está esfriando. Por isso estou ligando. Esperava que algo novo pudesse ter surgido."

Da última vez que soube, a garota havia se hospedado em uma casa de veraneio antiga, fora da pequena cidade de Selfoss, nas terras baixas do sul, cerca de cinquenta quilômetros a leste de Reykjavik. Seus pais sabiam que ela estava lá, e os moradores locais estavam cientes de sua presença, mas depois disso não se soube o que aconteceu. A polícia examinara cada centímetro da casa de veraneio, mas não conseguiu encontrar nenhuma evidência de luta ou sinal de que alguém mais estivera lá. Os pertences da garota haviam desaparecido também, o que sugeria que ela havia saído por vontade própria.

A polícia vasculhou as margens do Ölfusá, o rio glacial leitoso que fluía através da cidade, bem como uma ampla faixa de campo ao redor da casa de veraneio. Eles haviam vasculhado os prédios vizinhos e fizeram um apelo por informações, mas ninguém se apresentou. Nesse ponto, a polícia suspeitou de que ela pudesse, como o inspetor colocou, ter entrado no carro do homem errado. Ela era jovem, vulnerável e incrivelmente bonita, julgando pelas fotos de uma ruiva alta e esbelta. E uma viajante muito experiente também, apesar de jovem. Todos concordavam que ela era uma garota adorável e, também, uma artista em ascensão — ela havia tirado um tempo de folga para se concentrar em sua escrita e pintura. "Ela era muito artística", sua mãe havia dito em uma das visitas de Hulda à casa abastada de classe média dos pais. "Seus poemas tinham uma simplicidade tão pura e sincera. E finalmente ela estava indo atrás de seu sonho de escrever um romance."

O caso estivera em todos os noticiários, já que tais desaparecimentos eram incomuns na pequena e pacífica comunidade insular da Islândia e raramente resultavam em assassinato. Mas, com o passar do tempo, Hulda teve a impressão de que a maioria das pessoas chegou à conclusão de que a garota devia ter tirado a própria vida, embora a polícia não tivesse nenhuma razão específica para acreditar nisso.

"Eu lhe informarei caso haja algum desdobramento, Hulda", o inspetor continuou, "mas eu não teria muita esperança. Deve ter sido algum pervertido, sabe, algum maldito doente que a enganou para aceitar uma carona dele e... e, bem, a agrediu. Já vimos esse tipo de coisa antes. E sempre acaba mal. Estou convencido de que ela está morta. A evidência irá aparecer mais cedo ou mais tarde, mas acho que não há nada que possamos fazer enquanto isso."

Embora Hulda concordasse, tinha um sentimento de dever para com a menina. Era o caso dela e ela não conseguiu solucioná-lo. E, além disso, ela precisava de algo que a distraísse de seus próprios problemas. O constante mau humor de Dimma estava tornando a vida em casa cada vez mais difícil.

"Não há nada que possamos fazer?", ela perguntou. "Alguma pista que eu pudesse acompanhar, por menor que fosse?"

Houve silêncio do outro lado da linha, então seu colega disse: "Vá para casa com sua família, Hulda. Afinal, é quase Natal".

Hulda disse um breve adeus e desligou ligeiramente irritada.

As coisas estavam calmas no trabalho; todos estavam ansiosos pelo Natal e não havia grandes investigações em andamento, nada urgente que não pudesse esperar até depois das festas. Como Hulda teve que assumir o turno do dia vinte e cinco de dezembro, ela poderia ter saído um pouco mais cedo naquele dia, ter dado um pulo na cidade e, no caminho de casa, comprado algumas joias para sua filha, como havia planejado. Mas sabia que não faria isso. Ela batalhou constantemente para provar, no mundo patriarcal da polícia, que ela era capaz. Agora, não podia dar-se ao luxo de mostrar qualquer sinal de fraqueza. Ela não queria ser "a mãe" que saiu do trabalho mais cedo no dia da missa de São Torlaco, priorizando sua família ao invés do seu trabalho. Ela tinha que ser vista dedicando-se mais do que seus colegas do sexo masculino. Era apenas como a vida era.

Ela voltou a folhear os arquivos, mas seus pensamentos não saíam de Dimma.

VII

Unnur voltou à casa de veraneio uma última vez para certificar-se de que não esquecera nada. Sua estadia lá havia sido excepcionalmente agradável e pacífica. Naquele verão, ela quase se deixou guiar pelo acaso, temporariamente livre dos grilhões da educação; mais livre do que nunca. A decisão de tirar um ano de folga a surpreendeu mais do que a qualquer um, mas acabou sendo mais fácil do que imaginara. Ela sempre esteve entre os melhores de sua classe na escola, e seus pais, aquele casal convencional de Gardabær, haviam naturalmente presumido que ela iria diretamente para a faculdade. Para ser honesta, ela sempre se imaginara seguindo esse caminho também, mas uma amiga dela disse que estava indo para o exterior por um ano para "se encontrar". Unnur não tinha necessidade de se encontrar, uma vez que não estava perdida, mas a ideia lhe pareceu boa. Passar um ano fazendo tudo o que gostava, conhecendo pessoas novas e, talvez, escrevendo um pouco também. Talvez este fosse o principal motivo, quando pensou sobre isso: ela queria escrever um livro. Desde criança, rabiscava constantemente, e pelos últimos anos ela andava por aí com a ideia de escrever um romance. Ela considerou viajar para o exterior, como sua amiga, mas por fim havia decidido viajar pela Islândia. Deixando tudo por conta do destino. Não sabia para onde estava indo e nem tinha muito dinheiro, então teria que ser engenhosa. Claro, ela poderia ter pedido um empréstimo aos seus pais, mas não queria; pela primeira vez na vida, queria se virar sozinha.

Ela passou as últimas semanas nessa velha casa de veraneio, nos arredores de Selfoss. De acordo com seu plano, havia sido por pura coincidência que acabara ali; ficou sabendo por meio de sua amiga de uma casa que era emprestada para artistas. Unnur entrou em contato com a proprietária na primeira oportunidade, bem ciente de que ainda não se qualificava como artista, apesar da sua ambição de escrever um livro. A proprietária estava aposentada. Elas beberam café juntas e imediatamente se deram bem. O que resultou no empréstimo da casa para Unnur, "por quanto tempo precisar, querida. Apenas deixe a chave debaixo do tapete quando for embora". E agora Unnur sentiu que era hora de seguir em frente. O romance estava indo muito bem; ela havia preenchido um caderno e estava na metade de outro. Também conheceu pessoas legais. Embora os vizinhos mais próximos morassem um pouco longe, Unnur se esforçou para ser sociável fazendo viagens frequentes à Selfoss. Para ser uma escritora, era essencial se misturar com todo tipo de gente. Ao contrário de sua amiga, ela não havia feito uma viagem de autoconhecimento, mas para aprender sobre a vida das outras pessoas, para ganhar experiência e melhorar sua compreensão do mundo. Depois disso, esperançosamente, ela seria capaz de colocar todos os pensamentos que estavam em sua cabeça no papel e transformá-los em um livro.

Tendo se assegurado de que não havia deixado nada para trás na casa de veraneio, trancou a porta e colocou a chave debaixo do tapete. Os cadernos, que eram os mais preciosos de todos os seus bens, ela enfiou numa grande mochila. O que precisava agora era mudar-se para algum lugar novo e conhecer novas pessoas em um ambiente diferente. Realmente não importava onde, e ela não havia feito nenhum plano específico. Ser livre como um pássaro — o pensamento fez seu coração pular de felicidade.

Unnur caminhou sem pressa ao longo da estrada em direção a Selfoss. Havia pouco trânsito naquela hora da manhã. Ela estava acostumada a acordar com o nascer do sol para ir à escola e isso não mudara só porque agora era dona de seu próprio nariz, sem prestar contas a ninguém. Ela via da seguinte forma: autodisciplina era essencial para quem quisesse se tornar um romancista de sucesso. E ela descobriu que o estilo de vida combinava tão bem com ela que até havia começado a se perguntar se deveria esquecer seus planos de ir à universidade. Claro, ela sabia que essa ideia iria se opor à de seus pais e talvez fosse uma ilusão, uma visão de futuro que a atraía naquele momento, mas que não sobreviveria quando retornasse à sua antiga vida. Ainda assim, acontecesse o que acontecesse, ela estava determinada a finalizar seu livro.

Ela sabia por experiência própria que poderia demorar um pouco para arranjar uma carona. Pouquíssimos motoristas estavam preparados para dar carona a um estranho. Quando para-

vam, quase sem nenhuma exceção, se dirigiam a ela em inglês, embora claramente fossem islandeses, já que não podiam acreditar que alguém, exceto um turista estrangeiro, andaria pela estrada à procura de uma carona. Agradava-lhe pensar que não se encaixava em estereótipos usuais. Sua mãe nunca teria sonhado em deixá-la pegar uma carona pelo país, então mentiu para ela dizendo que planejava fazer a viagem de ônibus. Além disso, ela havia contado a seus pais o mínimo possível, apenas que pretendia passar um ano inteiro viajando pela Islândia, conhecendo pessoas novas e trabalhando aqui e ali para se sustentar. De vez em quando, ela mandava-lhes cartas e, em troca, eles a deixavam viver por conta própria. Confiavam nela. Tudo que havia prometido era que, assim que o ano terminasse, voltaria para casa em Gardabær e se matricularia na universidade.

Vários carros passaram enquanto ela caminhava, mas ninguém havia prestado atenção nela. Tudo bem; ela não tinha pressa. A próxima etapa de sua aventura estava apenas começando. Ela estava esperando trabalhar em troca de um teto para morar, mas poderia arcar com as despesas de uma acomodação, se necessário. Ela trouxera suas economias e, embora não tivesse muito, sabia fazer o dinheiro durar. Sabia, também, que seus pais lhe enviariam qualquer coisa que pedisse, o que era uma forte rede de apoio, embora não tivesse intenção de usá-la. A menos que estivesse desesperada... O fato de Unnur ter crescido em uma casa tão privilegiada a irritava. Ela queria ser independente, para provar a si *própria que conseguia dar conta sozinha, e apenas agora, finalmente, sentia que o cordão umbilical havia sido verdadeiramente cortado.*

Ao ouvir um motor se aproximando, ela parou e virou-se para trás. Era uma BMW branca, antiga. Seus pais tinham um carro como esse. Unnur levantou o polegar e o motorista desacelerou. Finalmente. Agora ela poderia dar o próximo passo, embora seu destino permanecesse tentadoramente desconhecido.

VIII

Erla ficou parada no tapete como se tivesse se transformado em pedra, incapaz de pronunciar uma palavra. Seu coração começou a bater forte e ela ficou, pela primeira vez em muito tempo, verdadeiramente assustada.

"Eu apenas estava procurando pelo, sabe, pelo banheiro", Leó disse. Ele estava mentindo, com certeza. A porta do quarto, como sempre, estava aberta e não havia como confundi-la com a do banheiro. A porta do banheiro também estava aberta, bem ao lado do quarto de hóspedes, então dificilmente ele poderia ter deixado de notar.

"É...", ela gaguejou, "...é por ali, ao lado do seu quarto".

"Ah, sim, claro, claro, agora me lembrei." Ele sorriu. Era um sorriso encantador, mas Erla achou estranhamente ameaçador. Rapidamente, mudou de ideia sobre fazer qualquer pergunta difícil a Leó sem Einar por perto. Sua raiva foi rapidamente substituída por medo. Ignorando o impulso de entrar no quarto deles e verificar se ele não havia tocado em nada, ela decidiu voltar para fora, por mais estranho que parecesse, e ir encontrar Einar.

Ela viu seu esposo alimentando as ovelhas, com o coração ainda batendo anormalmente rápido. A atmosfera no celeiro estava cheia dos sons familiares de balido e mastigação, o odor doce do feno misturado com os cheiros de esterco e lã e o calor emanando do rebanho de ovelhas. Costumava desfrutar da companhia dos animais, mas ao longo dos anos começou a se ressentir deles como sendo mais um elo na cadeia que a mantinha como prisioneira aqui. Perguntou-se se deveria dizer alguma coisa ou apenas permanecer alerta e continuar de olho no visitante enquanto ficava perto de Einar. Simplesmente confiar que nada de mau poderia acontecer e que Leó iria embora pela manhã. No entanto, ela tinha um terrível pressentimento de que isso era apenas um desejo seu.

"Você está bem, amor?", Einar perguntou. O nervosismo devia estar estampado em seu rosto.

"Sim, bem. Estou apenas um pouco preocupada com aquele homem. Não gosto de tê-lo aqui."

"Preocupada? Por quê? Estamos acostumados a receber visitantes de vez em quando, amor."

"Eu sei, mas é diferente."

"Diferente em que sentido? Nós sempre recebemos hóspedes pagantes no verão, assim como os ajudantes de costume. Eles são estranhos também. Você chegou a receber convidados aqui quando esteve sozinha."

"Eu sei."

"A única diferença é que não vamos cobrar nada do pobre homem. Não seria justo. É nosso dever oferecer-lhe abrigo. Você não concorda? Ou queria pedir para ele pagar?"

"Pagar? Não, claro que não, não foi o que quis dizer, Einar. Vai dizer que não acha tudo isso um pouco estranho?"

"Só não estamos acostumados a ver gente por aqui no inverno, amor. Mas não significa que nunca irá acontecer. Por favor, não sejamos assim. Vamos apenas mostrar um pouco de hospitalidade ao pobre homem. Logo ele irá embora."

Ela assentiu, resignada.

IX

Escurecera lá fora. Einar e Erla estavam sentados à mesa de jantar com o convidado. O noticiário ao fundo, a voz do locutor crepitante e distorcida pela estática, transportada por montanhas, pântanos e frios desertos vulcânicos, desde a capital no outro lado do país. Por um momento, Erla viu a cozinha através dos olhos do convidado. Os armários brancos e amarelos, herdados dos pais de Einar, não eram o que teria escolhido para eles. A mesa de madeira pesada também era uma herança, mas Erla havia comprado as cadeiras. No início, havia sido uma constante fonte de irritação ter que morar na casa de alguém, cercada pelos seus gostos, seus móveis, mas com o passar dos anos ela havia se acostumado com isso. Ela realmente não se importava mais. Até agora, não havia contribuído com nada para a conversa, deixando Einar falar.

"As pessoas não comem arraia aqui?", Leó perguntou, comendo o cordeiro assado que Erla havia servido.

"Nunca fizemos", Einar lhe contou. "Nunca foi costume aqui no leste quando eu era garoto. O que está ótimo para mim, já que não tenho nenhum desejo de comer peixe podre!" O riso retumbou em seu peito.

"Como vai a criação?"

"Não me faça começar! É um trabalho árduo e constante, mas continuamos na luta. Se eu for embora, não haverá uma única fazenda em todo o vale e não quero isso em minha lápide."

"Mas não é inevitável? Quero dizer, os tempos estão mudando."

"Bem, sou antiquado o suficiente para achar que as pessoas devem continuar cultivando a terra. Mas vejo que você é novo nisso tudo. Suponho que você nunca tenha passado um tempo em uma fazenda antes."

"Não, você está certo, nunca", Leó disse. "Mas admiro sua tenacidade."

Erla estava sentada ereta, encarando Leó. Ela mal havia tocado no seu jantar. Ele parecia ciente de sua tensão, lançando um olhar estranho para ela enquanto mantinha uma conversa amigável com Einar. Ela estava lutando contra a vontade de interromper a conversa fiada para perguntar a Leó o que diabos ele pretendia. Por que foi até lá e o que queria deles? Mas talvez ela devesse tentar primeiro conversar com Einar novamente.

"Quantas vezes você consegue sair da fazenda durante o inverno?", Leó perguntou.

"Não muitas. A estrada fica mais ou menos fechada nos meses mais frios", Einar explicou, "ou difícil de transitar. Veja, não somos bem relacionados o bastante para que se incomodem em enviar os limpa-neves para tão longe. E alguém tem que estar aqui para alimentar as ovelhas".

"Ninguém liga para nós", Erla interveio.

"Eu não iria tão longe." Einar sorriu sem jeito. "No entanto, tenho certeza de que se estivéssemos — ah, não sei — no conselho local ou apoiando algum membro do parlamento, poderia haver mais pressão para manter a estrada aberta por mais tempo. É tudo politicagem — tudo sobre quem você conhece. Mas acho que acontece o mesmo em Reykjavik?"

Leó não respondeu imediatamente, então disse: "Sim, agora que você mencionou isso, suponho que sim".

Observando-o, Erla teve a impressão de que Leó era alguém que nunca teve que se preocupar em conhecer as pessoas certas. Ele parecia levar uma vida confortável, sem falta de dinheiro. Suas roupas claramente eram caras e não apresentavam sinais de desgaste, deixando-a muito consciente de quanto ela e Einar eram miseráveis comparados a ele. E sua hesitação em responder parecera genuína, como se ele nunca tivesse realmente pensado em como as pessoas poderiam sofrer sem as relações certas.

Não era muito comum que as pessoas da cidade fizessem viagens de caça nas montanhas naquela época do ano. Não, era um esporte de rico. Se ao menos ela e Einar tivessem esse dinheiro... Talvez então eles morassem em outro lugar e arrumassem arrendatários para cuidar da fazenda. Erla sabia que Einar jamais concordaria em vender a terra, mas, às vezes, ela fantasiava em se mudar sem vendê-la, enxergando isso como um compromisso que ele poderia estar preparado para aceitar. Com esse objetivo em mente, ela comprava um bilhete de loteria toda vez que ia para o vilarejo. A garota da loja sempre sorria quando a via entrar: "Hora da loteria, Erla?", ela dizia, então acrescentava um comentário como, "sabe, tenho um pressentimento de que esse pode ser seu dia de sorte". Seu sonho não era tão absurdo. Um bilhete com cinco números premiados foi vendido em uma loja no vilarejo vizinho não muito tempo atrás. Sem necessidade de mencionar que o vencedor se mudou para Reykjavik.

"Sirva-se...", Einar parou no meio do que estava dizendo quando as luzes da cozinha começaram a piscar.

"O que está acontecendo?", Leó perguntou.

Parecia que a eletricidade estava prestes a acabar. As luzes continuaram escurecendo de forma alarmante, depois clareando novamente como se nada tivesse acontecido.

"Nenhuma novidade", Einar disse. "Cortes de energia fazem parte de nossa rotina. Bem, não todos os dias, obviamente, mas são muito comuns."

"Droga, não esperava por isso."

"Bem-vindo ao campo, companheiro. Estamos acostumados com isso. Sempre temos velas prontas e carregamos fósforos em nossos bolsos. Também usamos tochas, claro, mas acho velas mais aconchegantes." Einar tirou uma caixa de fósforos do bolso da camisa e a sacudiu para enfatizar. "Sempre preparado." Seu sorriso parecia um pouco constrangido e Erla percebeu que ele estava preocupado. Estava começando a cair a sua ficha de que havia algo estranho sobre a visita de Leó? Talvez a ameaça de um corte de energia, além da estranha coincidência do telefone parar de funcionar, o tenha deixado preocupado.

"Ainda não relataram seu desaparecimento", Erla murmurou, alto o bastante para os dois homens escutarem.

"Na verdade, não estava escutando", Leó disse. Foi uma desculpa esfarrapada. Eles não deixariam de notar se houvesse sido mencionado o desaparecimento de um caçador de lagópodes no rádio. "E o noticiário ainda não acabou."

Nem Einar, nem Erla disseram nada. Leó baixou os olhos para seu prato e comeu um bocado de carneiro. O locutor zumbia ao fundo. "Espero que todos eles ainda estejam me procurando e não tenham descido a montanha. Eu... Tenho certeza de que é isso. Eles fariam uma busca completa na área antes de procurar ajuda."

"Todos?", Erla perguntou, aproveitando a palavra. "Então, quantos estão te procurando?"

"Hum", Leó pareceu confuso. "Três."

"Ah, estranho", Erla disse, preocupada em manter a compostura. Ela esperava que ele não conseguisse perceber pela sua voz o quão rápido seu coração estava batendo ou como estava perturbada internamente.

"Estranho?" Foi Einar quem perguntou. "Por quê?"

Erla olhou para seu esposo, depois para seu visitante novamente. "Pensei que você disse antes que estivera em uma caçada com *dois* amigos? Que havia apenas três pessoas no total."

Embora visivelmente desconcertado, Leó foi rápido em retrucar: "Eu disse isso? Dois? Não, eram três. Éramos quatro, no total. Você... você não sai em uma viagem como essa no inverno sem, sem... bastante apoio." Era óbvio para Erla que ele estava mentindo.

Ele lhe devolveu um olhar desafiador e ela poderia jurar que, por um momento de descuido, houve um lampejo de pura hostilidade em seus olhos, antes dele rapidamente dominá-lo e retomar a sua expressão branda.

As luzes piscaram novamente e Erla estremeceu.

Einar aproveitou a desculpa para mudar de assunto. "Malditos cortes de energia." Isso era típico dele. Além da boa disposição para discutir sobre política, ele nunca foi capaz de suportar qualquer tipo de conflito, fosse verbal ou físico, e sempre se esforçava para evitar o confronto. Como a água, ele era perito em encontrar o caminho de menor resistência. Até que fosse levado ao extremo. Então ela nunca sabia como ele reagiria. Mas era assim que o seu Einar era e não havia como mudá-lo. Você não pode ensinar novos truques a um cão velho. Não, Erla sabia que, como sempre, caberia a ela tomar a iniciativa. Caberia a ela se livrar desse homem potencialmente perigoso.

"Malditos cortes de energia", Einar repetiu. "A eletricidade, infelizmente, costuma acabar no Natal."

"No Natal? Deve ser chato."

"Sim, mas não há o que fazer", Einar disse. "O Natal coloca tanta pressão sobre o sistema, você sabe. Mas estamos acostumados a tirar o melhor proveito das coisas. Não estamos, amor?"

Erla assentiu, sem uma palavra.

"Nós abrimos nossos presentes e os lemos à luz de velas. Na verdade, isso é grandioso. Lembra-me dos velhos tempos. Sabe, minha família morou aqui por séculos. É nossa origem. Nosso pequeno pedaço de terra. E você tem que cuidar do seu."

"Pode apostar."

"O que você faz da vida, Leó?", Erla perguntou. "Você disse que estava aqui com amigos de Reykjavik. Presumo que você more lá?"

"O quê? Ah, sim, moro em Reykjavik. Isso mesmo. Sou professor."

"Férias escolares?"

"Isso mesmo."

"Qual escola?"

"Qual escola?", ele repetiu, como se quisesse ganhar tempo.

Ele não havia ensaiado melhor sua história?, Erla pensou consigo.

"É uma universidade, na verdade", ele disse. "Dou aula na universidade."

"O quê?", Erla perguntou, então foi mais clara. "Do que você dá aula?"

"Psicologia."

"Bem, eu nunca, você é um psicólogo, não é? Espero que você não esteja planejando nos analisar!", Einar disse com ironia, mas a piada não conseguiu dissipar a tensão.

"Não se preocupe." O sorriso de Leó foi forçado.

As luzes diminuíram novamente.

"Sabe, receio que realmente teremos um corte de energia. Sempre começa assim. Você tem uma vela em seu quarto para passar a noite, Leó?", Einar primeiro olhou para o convidado, em seguida, inquisitivamente, para Erla.

"Não acho que haja uma vela no quarto dele", ela respondeu após uma pausa. "Mas tenho certeza de que conseguiremos encontrar uma que esteja sobrando, já que é para apenas uma noite. Afinal, ele irá embora amanhã de manhã. Presumo que você estará de partida logo cedo, Leó? Assim que clarear?"

"Sim, com certeza. Esse é o plano."

"Pegue os fósforos." Einar entregou-lhe a caixa que estava no bolso da camisa. "Temos outra caixa em nosso quarto. E não deixe a escuridão te assustar, companheiro."

"Obrigado pelo jantar. Estava muito bom."

"Erla é uma excelente cozinheira. Tem certeza de que não quer mais um pouco?"

"Obrigado, mas não consigo, estou satisfeito. Vocês são verdadeiros salva-vidas. Já estou me sentindo muito melhor. Vocês deveriam abrir uma hospedaria aqui." Ele olhou para os dois.

Einar sorriu. "Nós recebemos visitantes de vez em quando, então estamos acostumados. Apenas no verão passado, bem, no final do verão passado, recebemos alguns rapazes de Reykjavik — bons garotos. Ficaram conosco por três ou quatro dias. O que me lembrou, Erla, de que postei a carta deles quando fui ao vilarejo."

"A carta deles?"

"Sim, eu encontrei uma carta que deve ter caído de dentro dos livros no quarto de hóspedes, então a peguei. Eu acho que devem estar pensando no que aconteceu com ela, ou melhor, a pessoa a quem foi dirigida deve estar se perguntando."

"Isso deve...", Leó parou como se procurasse as palavras certas, depois continuou: "Claramente, tudo aqui no campo se move em seu próprio ritmo".

"Pode apostar", Einar respondeu. "Os jornais sempre estão desatualizados quando chegam até nós, e o relógio parou anos atrás!" Sua risada não parecia verdadeira.

O olhar de Erla foi atraído para a janela. Havia começado a nevar de novo, silenciosamente, inexoravelmente cobrindo os rastros de Leó, obliterando a evidência de sua mentira. Mas ela sabia e isso bastava. Ela deveria estar a postos e tomar conta de ambos. Por mais bonitos que os flocos brancos parecessem enquanto dançavam pela janela, para ela, eles eram ameaçadores. Ela podia sentir a neve se acumulando, a cercando, a encurralando. Seria um Natal branco, como sempre. Sufocantemente branco. E agora esse intruso entrara em seu pacífico lar e envenenara a atmosfera. Não se poderia descrever o acontecimento de nenhuma outra maneira. Ele a havia envenenado. O vento uivava lá fora — dificilmente um prenúncio de paz na terra para os homens de boa vontade.

"Vamos para a sala de estar?" Einar levantou-se. "E que tal tomarmos um café?"

"Parece ótimo", disse Leó, seguindo Einar.

"Farei um pouco." Erla observou os homens passarem para o outro cômodo.

Ela pegou o pacote de café do armário, contou as medidas para três xícaras, encheu a máquina com água e a ligou, esperando que a eletricidade não acabasse antes de terminar. Enquanto observava as gotas pingando dentro da jarra, uma após a outra, ela ouvia o murmúrio das vozes dos homens na sala de estar. O rádio continuava ligado; agora estava passando a previsão do tempo. Ela o desligou. Não precisava que lhe dissessem que estavam prestes a enfrentar outra nevasca. Erla pegou a jarra e se serviu de uma xícara de café também. Ela pretendia beber bastante, para que a cafeína a mantivesse acordada e alerta durante a noite.

"Leite ou açúcar?", ela perguntou a Leó. Ela não tinha necessidade de perguntar a seu esposo: muito leite, muito açúcar.

"Café preto, obrigado."

Ela sentou-se e, por um tempo, ninguém disse nada. As cortinas estavam abertas e, do lado de fora, podiam ver a neve caindo, ou melhor, rodopiando pela janela.

"Que bela árvore de Natal que vocês têm lá fora", o visitante disse finalmente, como se quisesse preencher o silêncio.

Erla optou por não responder. A grosseria não era natural dela, mas ela não tinha intenção de continuar o jogo desse homem, jogando conversa fora como se nada mais importasse. Tudo em que conseguia pensar era se livrar dele o mais rápido possível. Tinha que ficar bem claro que ele não era bem-vindo. Mesmo que ela nem sempre tivesse sido feliz naquela casa, era o lar dela e de Einar, seu santuário. Naquele momento, ela sentia que tanto sua paz de espírito quanto sua segurança estavam sob ameaça.

"Sim, embora, dessa vez, seja um tanto exagerada", Einar respondeu. "Não era para ficar tão grande, mas é difícil imaginar o quão grande é até que a coloque dentro da sala de estar."

"Bem, digo que tudo parece bonito e festivo. Você mora aqui há muito tempo?"

Por muito mais tempo do que você imagina, Erla queria dizer, mas mordeu o lábio.

"Por toda a minha vida", Einar disse, seu orgulho audível. "Erla é de Reykjavik, mas ela assumiu a fazenda quando aceitou se casar comigo. É um bom lugar para viver. Sabe, você se acostuma com o silêncio e com o fato de que nada acontece por aqui. Claro, não é para todos, mas acho que Erla se adaptou muito bem. No entanto, deve ser uma grande mudança para você."

"Pode apostar. Eu fui criado com o barulho constante e a agitação da cidade. Estou quase arrependido de ter que ir embora correndo amanhã de manhã, pois deve ser muito especial passar o Natal aqui, na neve e na solidão."

"Sim, bem, você irá perder tudo isso", Erla disse incisivamente.

"Aqui é sempre bem tranquilo, com certeza", Einar continuou, tentando suavizar a grosseria dela. "Nada nunca acontece. Mas nós fazemos disso um momento especial. Fazemos uma refeição especial, nos presenteamos, sabe? E escutamos a programação de Natal, quando a recepção de ondas longas é clara o suficiente, embora seja um pouco sensível, como você pode imaginar depois de escutar as notícias mais cedo. Às vezes, é bom saber a maioria dos hinos de cor, então não importa se você não consegue ouvir as palavras." Ele gargalhou.

"Suponho que seja uma caminhada e tanto até a igreja mais próxima", Leó disse.

"Você está certo. Não há por que tentar ir até a igreja no inverno. Lembro-me do quanto isso chateava minha mãe antigamente, mas Erla e eu tentamos não deixar que isso nos aborreça. Você se acostuma com a maioria das coisas."

"E...", Leó virou-se para Erla, "e sua filha? Ela virá amanhã? Você mencionou que ela morava aqui perto".

"Claro que ela virá", Erla disse brusca e imediatamente. "Ela estará aqui pela manhã. Mas suponho que você não irá conhecê-la, pois já terá ido embora, Leó."

"Quantos... quantos anos ela tem?", Leó perguntou, após uma pausa constrangida.

Erla não respondeu imediatamente enquanto pensava muito sobre o que dizer. Era hora de expor as mentiras do homem. Ela lançou um olhar para Einar, tentando transmitir a mensagem: *Eu tomo conta disso.*

"Você deveria saber", ela disse então, em um tom áspero, quase acusatório.

As palavras tiveram um grande impacto em Leó. Ele se jogou para trás no sofá em que estava sentado e derramou um pouco de café sobre si.

"Perdão?", ele disse, respirando fundo.

As luzes piscaram novamente, desta vez de forma mais alarmante, a escuridão durou mais tempo. O breve blecaute os distraiu da conversa, dando uma brecha ao visitante para se esquivar da pergunta, e ele aproveitou a deixa: "Deus, não estou acostumado a isso. Não há nada que possamos fazer para resolver — digo, para impedir que a eletricidade acabe de uma vez? Vocês não têm um gerador, têm?"

"Receio que não", Einar disse com um sorrisinho. "Nunca chegamos a instalar um gerador. São muito caros."

Erla teve a sensação de que ele estava tentando provocar o garoto da cidade. Ela observou Leó sentado ali, tomando seu café. Teria sido tão fácil derramar um pouco de suas pílulas para dormir em sua xícara, para que pudesse descansar mais facilmente nesta noite. Ela se arrependeu de não ter pensado nisso antes... Do jeito que as coisas estavam, ela duvidava que conseguiria fechar os olhos.

"Obrigado pelo café", Leó disse, embora não tivesse terminado a xícara, "e pela hospitalidade. Sou muito grato a vocês dois".

"Não precisa correr para a cama", disse Einar. "Erla e eu estamos gostando de ter companhia para variar."

"É gentil de sua parte dizer isso, mas, para ser honesto, estou um pouco desanimado. E *é* dia de São Torlaco, acredito que vocês tinham outros planos." Ele sorriu. "Fazer os últimos preparativos para o Natal e essas coisas."

Nenhum plano, Erla pensou consigo mesma. Ela já tinha deixado tudo pronto há muito tempo, sem a ajuda de Einar, que, apesar do que disse, foi bastante indiferente à ocasião. Aliás, a maioria dos dias eram iguais para ele, e dificilmente se preocupava em mudar sua rotina no Natal, Páscoa ou em quaisquer outros dias de festividades religiosas ou feriados. Eles nunca iam para lugar algum, e sempre cabia à Erla fazer um esforço. Houve momentos em que ela considerou não fazer nada para o Natal e esperar para ver se ele notaria. Se ele diria alguma coisa caso ela não lhe pedisse para cortar um abeto; se apenas servisse chouriço no dia vinte e quatro e não lhe desse nenhum presente.

"Fique acordado mais um pouco", Einar disse. "Pelo menos termine seu café."

"Obrigado, eu irei", Leó respondeu, embora parecesse preferir estar em outro lugar. Seu olhar vagava pela sala. Erla não tinha certeza se ele estava procurando por algo em particular ou apenas tentando achar uma rota de fuga desse trio opressivo.

"Qual o tamanho desta casa?", ele perguntou abruptamente, na tentativa desesperada de encontrar assunto.

"O tamanho? Você quer dizer quantos metros quadrados?", Einar perguntou. "Ah, não consigo lembrar. Não é algo em que tive que pensar recentemente. Afinal, não é como se estivesse planejando vendê-la. Queremos envelhecer aqui, eu e Erla." Ele lançou um sorriso, mas ela não retribuiu.

"Tudo em um único andar, suponho eu?"

"Sim, isso mesmo, embora tenhamos um pequeno sótão."

"Ah, certo, você quer dizer um local para guardar coisas?"

"Sim, um depósito e um pequeno quarto onde alojamos os meninos que vêm nos ajudar na fazenda, assim como os hóspedes pagantes."

"Neste caso, por que você não me aloja lá em cima? Assim não te atrapalharia."

"Não, não, está fora de questão. Não há aquecedor lá em cima. Você ficará muito mais confortável onde está agora. Normalmente, não contamos sobre o quarto de hóspedes e alojamos os visitantes lá em cima, mas você passou por um momento difícil e não te enfiaremos no frio. Não queremos arriscar que você pegue um resfriado. É nosso dever cuidar das pessoas que foram pegas por uma tempestade ou se perderam nos pântanos. Você poderia ter morrido de frio, percebe isso? Sair lá fora desta maneira, sem equipamento adequado e desacostumado com as condições das terras altas... Tenho certeza de que seus amigos sabem que a culpa é deles. Eles deveriam ter mais conhecimento e se certificado de que todos do grupo estivessem equipados com uma bússola, um mapa e assim por diante. Eles foram extremamente imprudentes." A voz de Einar engrossara em desaprovação.

Leó balançou a cabeça e disse caridosamente: "Não queria culpá-los, eles são boa gente. Na verdade, a culpa é minha. Eu deveria ter tomado mais cuidado. Afinal, sou responsável por mim mesmo. Em última análise, todos somos responsáveis por nós mesmos, não somos?".

"Certamente acredito nisso", Einar disse, mas Erla continuou de boca fechada.

"Bem, enfim, você tem uma casa charmosa, muito confortável", Leó continuou.

"Sim, somos felizes aqui", Einar disse.

"Suponho que você também tenha um porão?"

"Um porão? Ah, sim, um porão. Qualquer um acharia que você quer comprar a casa!" Einar riu tanto de sua própria piada que quase derramou café em sua camisa xadrez.

"Oh, *ha, ha*, não, é um pouco remota demais para mim. Não, apenas estou interessado. Só tentando conversar."

"Não há nada de interessante lá embaixo, apenas um freezer e comida e assim por diante", Erla disse em voz baixa, olhando para seu convidado que não fora convidado.

"Er, ok. Na verdade, não estava planejando descer lá", Leó respondeu, tentando fazer uma piada.

Ele olhou para ela atentamente, mas ela desviou o olhar para a janela, onde podia ver a sala de estar espelhada no vidro.

"Você parou na casa de Anna antes de vir para cá?", ela perguntou, assim do nada, observando seu reflexo na janela.

"Erla, por favor...", Einar começou, mas ela o interrompeu, determinada a tirar tudo aquilo a limpo.

"Você parou na casa dela?", ela perguntou novamente.

"Desculpe-me, não entendi a pergunta."

"Anna, nossa filha. Eu te disse que ela mora aqui perto, a uns vinte minutos mais ou menos para baixo da estrada. Você passou por lá antes de chegar aqui, não passou?"

Quando disse isso, ela sentiu um medo súbito e doentio de que algo pudesse ter acontecido com sua filha, de que esse estranho pudesse, de alguma forma, tê-la machucado...

"Não, eu já, er, já te disse. Eu vim direto para cá. Não passei por nenhuma outra casa no caminho."

Erla agora estava convencida de que Leó estava mentindo sobre quem era e sobre o que estava fazendo ali. Ela tinha certeza de que ele havia vindo para prejudicá-los, de um jeito ou de outro.

"Você está mentindo", ela disse ferozmente. "Eu vi a direção de onde veio, Leó. Vi suas pegadas na neve. Você passou pela casa de Anna e, se você realmente estava procurando ajuda, você deve ter parado lá."

"Eu... eu não me lembro de ter visto outra casa, mas naquela hora eu estava muito longe. Talvez seja por isso que não notei."

"Você bateu na porta dela?"

"Não, eu vim direto para cá. Existe alguma chance de você poder ter interpretado mal minhas pegadas ou algo do tipo?" Ele desviou o olhar para a janela. "Por que não saímos e verificamos? Pois estou contando a mais pura verdade."

"Claro, ele está nos dizendo a verdade, Erla, meu amor", Einar disse. Mas ela pôde perceber em sua voz que havia uma semente de dúvida em sua cabeça. "Por que não ligamos o rádio novamente? Não queremos perder os cumprimentos de Natal para os amigos e familiares."

Erla continuou como se ele não tivesse falado nada. "É muito tarde para sairmos agora, como você bem sabe. Todas as pegadas estarão enterradas sob uma nova camada de neve. Mas há apenas uma estrada que chega até aqui e ela passa pela casa de Anna, e eu sei... eu sei..."

Neste momento, a eletricidade acabou.

X

Hulda estava parada em um canto da rua no frio brutal, escutando um coral de garotas competindo com o vento para cantar canções de Natal. As garotas estavam todas encapuzadas, assim como Hulda, e pareciam estar determinadas a não deixar o clima miserável estragar as coisas. Hulda carregava duas sacolas de compras, contendo um livro e um disco, ambos para Dimma. Já passava das vinte e duas horas e as lojas logo estariam fechando para o feriado.

Ela estava sozinha. A noite não era como havia imaginado. O plano era ter saído para comer fora e depois desfrutar da atmosfera festiva da cidade com Jón e Dimma, mas nada deu certo. Dimma recusou-se categoricamente a sair de casa e, mais uma vez, ficou trancada em seu quarto. Hulda e Jón permaneceram por muito tempo parados na porta tentando convencê-la, discutindo, até gritando com ela, mas nada funcionou.

"Vá você, Hulda, meu amor", Jón disse por fim. "Relaxe, divirta-se. Eu ficarei em casa com Dimma. Vá e compre algo bacana para ela."

Hulda hesitou antes de finalmente ceder ao estímulo de Jón. Ele podia ser muito persuasivo. Além disso, pensou consigo, o principal objetivo de ir até a cidade era comprar algo para Dimma. Ela apenas teria que tentar tirar o melhor proveito de uma situação ruim. Essa fase *teria* que passar logo. Dimma estava fadada a estar em um estado de espírito melhor amanhã. De volta ao seu velho e bem-humorado jeito de ser.

Hulda subiu a rua principal, Laugavegur, como se estivesse atordoada, tentando, mas não conseguindo, entrar no espírito de Natal. O empurra-empurra das multidões e o mau tempo a irritavam. Talvez, o que os três precisavam era fugir, talvez até ir para o exterior, para um lugar quente e ensolarado. Poderia valer a pena conversar com Jón se eles poderiam pagar umas férias no Ano-Novo, já que, pelo que ela pôde perceber, os negócios estavam indo bem. Talvez um novo ambiente exercesse um efeito positivo sobre Dimma e a trouxesse de volta de sua depressão. E, talvez, Hulda e Jón devessem trabalhar um pouco menos e dedicar mais tempo à sua filha.

Hulda sabia que estava muito absorta em seu trabalho. Mas mesmo quando reconheceu isso, seus pensamentos voltaram para a garota desaparecida, Unnur. O caso que não conseguira solucionar — por ora, pelo menos. Era quase certo que agora era tarde demais para salvar Unnur, se alguma vez tivesse sido possível. Mas Hulda estava preocupada, com dúvidas sobre ter feito o bastante. O inspetor de polícia de Selfoss havia especulado sobre a possibilidade de a garota ter entrado no carro do homem errado, sido atacada e assassinada. Se ele estivesse certo, significaria que o assassino ainda estava foragido.

Hulda inalou o ar frio do inverno e partiu, caminhando rapidamente pela Laugavegur.

Ela tinha que tentar se aproximar de sua filha e ajudá-la a sair dessa.

XI

Anna.
Erla pensou nela enquanto estava deitada no quarto escuro como breu, preocupada que sua filha não conseguisse vir no dia seguinte se o clima estivesse tão ruim quanto a previsão havia dito. Ela ainda estava bem desperta, mas conseguia escutar Einar roncando ao seu lado. Ele sempre foi tão imperturbável, tão diferente dela.

Como ele conseguia dormir enquanto aquele homem estava sob seu teto?

Leó — se esse era seu verdadeiro nome — invadira o santuário de sua casa e o Natal também. O corte de energia por enquanto o havia safado. Não havia razão para continuar a conversa depois de a casa ter sido mergulhada na escuridão. Leó estava muito abalado — podia ouvir em sua voz —, enquanto ela e Einar reagiram com prontidão e praticidade, confiantes de onde poderiam encontrar velas e restaurar um pouco de luz na sala de estar. O resultado foi que todos se retiraram cedo para a cama. Assim que Einar adormeceu, ela saiu da cama, atravessou o quarto na ponta dos pés e trancou a porta. Eles não faziam isso há anos, mas felizmente a chave fora deixada na fechadura.

Embora ela tivesse fechado as cortinas para deixar a noite para fora, ela podia sentir a neve se acumulando implacavelmente no exterior da casa. Quando eles se retiraram para a cama, ela acendeu uma vela, deixou-a em sua mesa de cabeceira e fingiu ler um livro antigo de Agatha Christie, enquanto Einar virou as costas e dormiu. Ela havia lido o livro antes e seus pensamentos corriam pela cabeça, impedindo-a de se concentrar nas letras pretas da página branca. Ela deixou a vela queimar até se apagar com um chiado da cera quente, e a escuridão se fechou em torno dela. Não tinha certeza, a energia já poderia ter voltado, mas ela duvidava.

Era provável que eles tivessem que passar todo o Natal sem eletricidade — já havia acontecido antes. Mas isso realmente não importava; tudo o que importava era tirar aquele homem de casa e de suas vidas.

Embora não conseguisse ver nada, podia ouvir o vento e sentir o frio entrando pelas frestas do caixilho da janela. O rugido do vendaval era alto o suficiente para manter acordados aqueles que não estavam acostumados, mas não ela e Einar. Era um acontecimento tão frequente ali, nesse lugar esquecido por Deus, que estavam acostumados com o barulho. Ela ouvia, fazendo o possível para bloquear o clima e sintonizar seus ouvidos no que estava acontecendo mais próximo a ela, tentando ouvir seu visitante através da fina parede de madeira; mas, pelo que podia perceber, dentro de casa tudo estava quieto.

Ela ficou absolutamente imóvel, quase sem respirar, alerta ao menor som.

Deitada de barriga para cima com os olhos bem abertos, olhando para o teto.

Às vezes, quando ela estava passando por um de seus maus momentos, ficava assim por metade da noite ou até mais, imaginando se a vida deles teria sido melhor se tivessem mudado para Reykjavik; se Einar tivesse conseguido cortar seu maldito cordão umbilical e vendido a fazenda, fugindo de sua maldição familiar. E, às vezes, muito ocasionalmente, se perguntava se a vida teria sido melhor se ela nunca tivesse conhecido Einar... Mas a resposta para isso era mais complicada, porque sem Einar não haveria Anna. Era inútil matutar assim, mas ela o fazia assim mesmo, a prisioneira de suas próprias memórias, ou melhor, a prisioneira de sua própria mente.

Havia outra vela na gaveta da mesa de cabeceira. Erla a pegou, tateando em busca de fósforos na escuridão. Ela não podia continuar assim; tinha que ter um pouco de luz. Sentou-se na cama e, claro, Einar não se moveu. Ele dormia o sono dos despreocupados, dos autocontidos. Erla riscou um fósforo, aproximou-o do pavio até que a vela acendesse, então ficou ouvindo. Já que não haveria chance alguma de dormir, ela esperou.

Mas o cansaço estava lá; por mais desperta que estivesse, sempre haveria um risco de ela cochilar. Na tentativa de evitar a sonolência, começou a pensar em seus parentes de Reykjavik. Hoje em dia, ela tinha pouco contato com eles. Na verdade, ela estava presa neste casamento pela simples razão de não ter para onde ir. Ela não saberia o que fazer se deixasse a fazenda e voltasse para a cidade. Apesar de tudo, ela havia criado raízes ali.

Ela emergiu dessa linha de pensamento familiar e encontrou-se ainda sentada na cama. Fechando os olhos, ouviu o silêncio do interior da casa. Lentamente, ela se deu conta do zumbido baixo da casa, que parecia crescer a cada momento que passava. Havia também o tique-taque ritmado do despertador, tão escandalosamente alto no silêncio e parecendo a cada minuto mais alto. O rugido do vento, o zumbido nas paredes, o tique-taque do relógio, todos se fundiram até que o barulho ficou insuportável, como uma dor lancinante nos ouvidos. Ela abriu bem os olhos, tentando se livrar dessa sensação.

E então ela ouviu algo.

Algo real dessa vez.

Não havia dúvida: alguém estava se movendo dentro da casa.

Claro, só podia ser uma pessoa. Ela ouviu o rangido de uma porta, o estalar abafado das tábuas do assoalho. Era impossível andar silenciosamente por essa casa, mas Leó estava tentando fazer exatamente isso, e teria provavelmente escapado impune se Erla estivesse num sono pesado, como Einar.

Aonde o bastardo estava indo?

Ela ouviu o rangido de novo, outra porta. *Não exagere*, ela disse a si mesma. *Provavelmente, ele está apenas indo ao banheiro*. Mas ela podia jurar que o barulho vinha do sótão. Ele havia subido? Por um momento, considerou seriamente sair do quarto na ponta dos pés, esgueirar-se e dar-lhe um susto. Mas não tinha coragem. Embora ela conhecesse a casa como a palma das mãos, tivesse feito o possível para aprender a reconhecer todos os seus ruídos peculiares e pudesse se orientar mesmo com as luzes apagadas, desta vez a causa de seu medo era uma pessoa de carne e osso. A última coisa que queria era arriscar-se a encontrá-lo no escuro.

O que deveria fazer era acordar Einar, mas ela hesitou, sem saber como ele reagiria. Além disso, ele poderia fazer um barulho enquanto se mexesse e haveria um risco de assustar Leó e fazê-lo voltar ao seu quarto.

Saindo da cama, ela caminhou até a porta e escutou, então girou a maçaneta com cuidado infinito para certificar-se de que estava trancada sem fazer um barulho traiçoeiro. Claro que estava. A certeza trouxe uma onda de alívio. Ela estava segura ali.

Tudo estava quieto novamente. Ela não conseguia ouvir nada que indicasse que Leó ainda estava se movendo ou que apontasse seu paradeiro. Apesar disso, ela tinha certeza de que ele havia saído do quarto e ainda não havia voltado. Ela ficou imóvel no quarto frio, as sombras movendo-se e dançando à luz bruxuleante das velas. Esperou. De vez em quando, ela olhava de volta para a cama, onde Einar estava dormindo como se não tivesse preocupação alguma com o mundo.

Então, ela ouviu novamente. Pressionou o ouvido contra a porta e, sim, reconheceu a sucessão de estalos: Leó estava descendo as escadas do sótão; agora ela tinha certeza. Ela estava certa então. Seus passos se aproximaram furtivamente ao longo do corredor, o que a deixou nervosa. Ela não sabia por quanto tempo ele estava bisbilhotando a casa, mas, pelo que podia ver, as coisas tinham ido longe demais. Sem pensar duas vezes, ela caminhou suavemente para a cama. Ao fazê-lo, ouviu mais ruídos, o ranger de uma porta, passos. Ela deu um empurrão em Einar, mas ele não se mexeu imediatamente.

"Einar, Einar", ela sussurrou freneticamente, sua respiração rápida e entrecortada. "Você tem que acordar. Agora mesmo. Acorde!"

Seus olhos se abriram.

"É o Leó. Posso ouvi-lo, Einar, posso ouvi-lo!"

Einar piscou, confuso, e esfregou os olhos.

"Levante-se!", ela falou baixo. "Silenciosamente."

Obedientemente, ele empurrou as cobertas e saiu da cama. "Qual é o problema, amor?", ele perguntou em voz baixa. "Por que você me acordou?'

"Você tem que impedi-lo", ela falou baixo. "É o Leó! Ele está rondando a casa — no meio da noite!"

Einar foi até a porta e segurou a maçaneta. "Está trancada", ele sussurrou, surpreso. "Que diabos? Por que está trancada?"

"*Eu* a tranquei. Por causa dele." Ela foi se juntar ao marido e suavemente girou a chave para que ele pudesse abrir. Ele olhou para fora, com Erla espiando por cima de seu ombro. Não havia nada para ser visto a não ser a escuridão.

"Passe-me a vela", ele disse, gesticulando em direção à mesa de cabeceira.

Erla fez o que ele pediu. Einar olhou para fora da porta novamente, então se aventurou pelo corredor. Ela esperou no quarto ansiosamente.

Ele voltou quase que imediatamente. "Não há ninguém aqui, amor. Você deve ter sonhado. Espero que o pobre rapaz esteja dormindo."

Ela balançou a cabeça, mas não disse nada.

"Oh, amor. Vamos tentar voltar a dormir. Não queremos ficar acordados no meio da noite." Ele fechou a porta, mas, para seu desgosto, não a trancou.

Ela foi até lá e trancou a porta, então deitou-se na cama ao seu lado e virou-se de costas para ele, deitada com os olhos bem abertos.

XII

"Sua mãe virá amanhã com certeza, não virá?", Jón perguntou da poltrona, sem tirar os olhos de seu livro. Havia um aroma doce de cacau no ar. Ele havia aquecido leite e misturado no chocolate de melhor qualidade para eles, mas uma das três canecas ainda estava intocada no aparador do sofá.

Hulda, que estava empenhada na tarefa anual de tentar desembaraçar o pisca-pisca, respondeu secamente: "Sim". Ela teria se safado alegremente do dever de hospedar sua mãe por uma vez e comemorar o Natal somente com Jón e Dimma. Desta vez em especial, ela estava temendo a visita de sua mãe, com Dimma sendo tão difícil e imprevisível.

"Acho que estamos prontos", Jón disse, finalmente tirando os olhos de seu livro. "Não estamos, querida?"

"Bem, exceto Dimma."

"Ah, não podemos falar sobre outra coisa? Apenas deixá-la superar isso sozinha. Ela virá quando for a hora de abrir seus presentes." Ele sorriu para Hulda, mas nem seu sorriso e nem seu tom de incentivo soaram verdadeiros.

Ao fundo, eles ouviam as tradicionais mensagens de Natal para amigos e familiares sendo lidas no rádio, um lembrete de que era tempo de paz e harmonia, mas as emoções dentro de Hulda pareciam chocar-se de encontro com esse espírito. Ela estava nervosa e chateada. Mais do que isso, sentia-se apreensiva, embora não soubesse do que se tratava.

"Você *tem* que trabalhar no Natal?", Jón perguntou. "Você não é sênior o suficiente para poder escolher em quais turnos trabalhar nesses dias?"

"Não posso fazer nada a respeito; é como a escala funciona. Tem problema?"

"Não, claro que não. Tudo bem. Dimma e eu ficaremos lendo nossos livros enquanto você está fora. Talvez possamos montar um quebra-cabeça também. Temos um velho quebra-cabeça no sótão, não temos?"

"Sim, muitos."

"Então, teremos um belo dia de preguiça. Como nos velhos tempos antes de Dimma nascer, quando éramos apenas você e eu. Você se lembra de como costumávamos nos aconchegar no sofá e ler por dias a fio durante o Natal e a Páscoa? Sem ninguém para nos atrapalhar."

"Sim, antes de você começar a trabalhar tanto."

Ele sorriu. Ela conhecia aquele sorriso. Era sua maneira de desarmar conversas difíceis e ela sempre caía. Desde a primeira vez em que ficaram juntos.

"Você cuidará bem dela enquanto eu estiver fora, não cuidará?", ela perguntou, em um tom suplicante.

"No Natal? Claro que irei."

"Me prometa, Jón", ela disse.

XIII

Erla sobressaltou-se e automaticamente pegou o despertador, espiando os ponteiros na penumbra. Era manhã, sete horas. Ela havia adormecido, embora não quisesse. As perturbações da noite pareciam um pesadelo. Ela poderia ter imaginado tudo aquilo, ou parte daquilo, pelo menos? De repente, ela não tinha certeza... Não totalmente, e o pensamento a inquietou.

Depois de um tempo, ela percebeu que Einar não estava mais deitado ao lado dela. Ela sentou-se e tentou acender a luz, mas nada aconteceu: obviamente ainda faltava energia. A manhã estava escura, como sempre nessa época do ano, indistinguível da noite, mas o relógio não mentia. Ela sentiu uma pontada momentânea de medo. Algo poderia ter acontecido com Einar? Fechando os olhos, ouvia, mas não conseguia escutar nada. Tudo estava quieto dentro de casa.

Muito quieto?

Seu coração começou a disparar, fazendo o sangue pulsar em sua cabeça, e no minuto seguinte ela estava fora da cama e correndo para o corredor de pijamas. Estava mais claro lá fora do que no quarto, iluminado por um brilho fraco que parecia vir da sala de estar. Dirigindo-se para lá, encontrou o cômodo iluminado por velas e Einar e o homem que se autodenominava Leó sentados ali.

Havia um aroma reconfortante de café no ar. Então seu olhar pairou sobre a árvore e os pacotes coloridos embaixo dela e percebeu que era véspera de Natal.

"Você acordou, amor", Einar disse. "Há café quente na cafeteira. Graças a Deus, o gás continua funcionando."

Ela ficou parada no lugar, as palavras presas em sua garganta. Os segundos pareciam estar passando tão lentamente quanto os minutos enquanto ela estava lá, sem fala, sentindo o peso dos olhares dos homens sobre ela.

Ela abriu a boca, mas nenhuma palavra saiu.

"Por que você não se junta a nós?", Einar perguntou.

"Anna?", ela resmungou, por fim. "Ela ainda não está aqui?"

"Achei que a estrada estava bloqueada", Leó murmurou, evitando o olhar de Erla.

"É sempre possível atravessá-la a pé", Erla o contradisse bruscamente. "Como está o tempo agora?"

Ela olhou para a janela, mas tudo o que conseguia ver era o reflexo das velas.

"Sente-se, amor", Einar disse. "Não quis te acordar." Ao invés de obedecer, ela se virou e foi para o hall.

"Você teve uma noite tão agitada", Einar gritou atrás dela. "Achei melhor deixar você descansar um pouco. Esse corte de energia realmente parece ter te afetado."

"Estou perfeitamente acostumada com cortes de energia", ela retrucou do hall.

Erla abriu a porta da frente e colocou a cabeça para fora na escuridão implacável, então deu um passo à frente, de meias grossas, mal sabendo o que estava fazendo, e as afundou em um monte de neve fresca. Flocos de gelo roçaram contra seu rosto. Ela puxou o pé para trás, sentindo o frio cortando-lhe a carne e o osso. Que coisa incrivelmente estúpida de se fazer, sair no meio da neve assim!

Ela recuou para o hall e fechou a porta.

"O que diabos estava pensando, Erla?", Einar gritou em seu ouvido, colocando a mão em seu ombro.

Ela ficou tão chocada que quase perdeu o equilíbrio.

"Está tudo bem?", ele perguntou, preocupado.

O sangue estava pulsando em sua cabeça novamente. Ela esfregou as têmporas e tentou se concentrar. Era mais seguro dizer que havia acordado de mau humor. Ela teria que se recompor. Afinal, ela pensou, com uma súbita sensação de alívio, eles passaram a noite ilesos e Leó logo iria embora.

Virando-se para seu esposo, ela disse em um tom falsamente alegre: "Sim, claro que está tudo bem. Eu só fui checar o clima e acidentalmente pisei em um pouco de neve. Está muito profunda".

"Nevou a noite toda, amor. Volte e tome um pouco de café."

Ela seguiu Einar até a sala de estar e sentou-se em uma poltrona, esperando enquanto ele trazia uma xícara de café, desconfortavelmente consciente de suas meias molhadas. Ela não disse uma palavra e deliberadamente evitava olhar para Leó, que ainda estava sentado no sofá, olhando para ela do outro lado da mesa de centro, segurando sua xícara e levando-a aos lábios de vez em quando.

Somente quando Einar voltou e sentou-se ao seu lado, encontrou sua voz. "Ainda sem eletricidade?", perguntou ao esposo em voz baixa.

Sabia que não havia, mas se sentiu compelida a quebrar o silêncio de alguma maneira. De qualquer forma, havia um certo conforto em fazer uma pergunta cuja resposta já sabia.

"Será assim durante todo o maldito Natal, eu garanto", Einar disse.

"Você se acostuma com isso?", Leó perguntou com um sorriso.

O cômodo estava iluminado por cinco velas, três na mesa, duas no aparador, as sombras espasmódicas fazendo o ambiente familiar parecer estranhamente assustador. Erla sentiu como se estivesse presa em um pesadelo.

"Sim, você se acostuma com isso", ela disse após um tempo, então acrescentou, com rispidez: "Mas você não precisa se preocupar com isso, já que você vai embora assim que terminar seu café. Einar repassou o caminho com você?".

Ao invés de responder, Leó lançou um olhar para Einar e, por um tempo, houve um silêncio constrangedor, como se os dois homens tivessem formado uma aliança da qual ela fora excluída.

Einar limpou a garganta. "Acho que ele não irá a lugar algum hoje."

"Não irá a lugar algum? O que você quer dizer?"

"Você mesma viu, amor: a neve está muito profunda. Há uma tempestade lá fora. Não podemos mandar o pobre homem enfrentar isso." Pela maneira como falou, Einar poderia estar falando sobre alguém que não estivesse presente, em vez de sobre o homem que estava sentado em frente a eles.

"Claro que ele consegue!", Erla tentou impedir que sua voz se tornasse um grito. "Se Anna consegue chegar aqui, ele deve ser capaz de ir embora, mesmo que tenha um pouco mais de caminho a percorrer."

"Seu marido me disse que na verdade é muito longe..."

"E por que você não nos disse que havia parado na casa de Anna primeiro?", Erla o interrompeu. "Você a conheceu? Hum? Você a conheceu?"

"Eu não encontrei ninguém no caminho vindo para cá, nenhuma alma viva", Leó assegurou-lhe, parecendo inquieto. "É a mais pura verdade."

"Por que você não volta para a cama, amor?", Einar disse gentilmente. "Você está cansada. Leó irá passar o Natal conosco, só isso. Não podemos simplesmente despejá-lo para fora em um tempo como esse."

Erla resmungou. Ela sentiu como se estivesse presa, como se estivesse sozinha no mundo, sem aliados. E estava extremamente preocupada com Anna. Ela percebeu sua respiração acelerada. O desespero em falar, em transmitir seus medos a Einar, era tão intenso que quase a sufocou.

Leó levantou-se. "Olha, acho que vou voltar para o meu quarto. Eu peço desculpas pelo inconveniente. Sinto muitíssimo. E sou muito grato por sua hospitalidade — você deve saber disso."

Einar assentiu, mas não disse nada.

Somente quando Leó saiu da sala, Erla acalmou-se o suficiente para falar. "Einar..." Ela lutou para encontrar as palavras para expressar seus temores. "Einar, você sabe que ele está mentindo para nós."

"Não devemos sempre acreditar no pior das pessoas, Erla."

"Mas por que não mencionaram o fato no noticiário?"

"Talvez tenham, amor. Não conseguimos mais escutar o rádio desde que a eletricidade acabou. Talvez haja uma equipe de busca procurando por ele enquanto falamos."

"Você sabe muito bem que não há. E as pegadas dele — ele veio pela estrada, passou pela casa de Anna. Ele está mentindo que achou nossa casa por acaso. E... e..." Novamente, ela sentiu a pressão aumentando em suas têmporas, o início de uma dor de cabeça lancinante. "E ele estava bisbilhotando a casa na noite passada e ontem também, quando não estávamos aqui para ver. Ele quer algo de nós, Einar. Eu o vi, ele estava em *nosso quarto* ontem. E ontem à noite — não sei onde —, lá em cima no sótão, talvez, ou na sala de estar, não sei, Einar, tudo o que sei é que ele... que ele..."

"Vamos, vamos voltar para a cama, amor", ele disse gentilmente. "Você precisa descansar."

XIV

Hulda bateu na porta novamente, um prolongado estrondo.

"Por que você está se comportando dessa maneira, Dimma?", ela gritou, sua garganta apertada com lágrimas não derramadas e frustração.

De dentro do quarto, ela conseguia ouvir algum tipo de resposta, mas não conseguia distinguir as palavras. Dimma havia saído do quarto naquela manhã e tomado seu café em silêncio, nem mesmo retribuíra o "bom dia" de seus pais.

Hulda havia sugerido que ela e Dimma embrulhassem seus presentes juntas ou, pelo menos, dessem uma volta e entregassem aqueles que precisavam ser entregues, mas Dimma apenas balançou a cabeça para qualquer sugestão de sua mãe. Parecia não significar nada para ela que fosse véspera de Natal. Ela havia se retraído de tal maneira em seu mundinho que nada fora dele parecia importar.

Hulda tinha tanta certeza de que tudo melhoraria quando o Natal chegasse, mas estava muito claro que não haveria clima festivo em sua casa. Somente agora, tardiamente, a ficha caiu: ela não podia mais ficar parada, teria que intervir.

Ela achou difícil admitir a situação para si mesma e encarar o fato de que sua filha precisava de ajuda profissional, mas estava em um beco sem saída. E Jón não ajudava. Ela continuou batendo furiosamente na porta de sua filha, embora soubesse que não adiantaria. Sua raiva era principalmente dirigida a si própria por não ter agido antes.

Ela continuou com a ilusão de que Dimma sairia dessa, mas agora era óbvio que não havia esperança disso acontecer.

"Saia, Dimma, saia agora!", ela gritou. "Ou... ou irei arrombar a porta. Não estou brincando."

Jón agarrou-a com força pelos ombros. "Acalme-se, Hulda. Ela irá superar..."

"Ela não vai superar isso, Jón!", Hulda berrou furiosamente ao seu esposo. "Ela não vai superar essa maldita fase. Ela já teve muitas chances. Ninguém se comporta assim."

"Venha, vamos voltar para a sala de estar; você tem que se acalmar."

"Não tenho intenção de me acalmar. Temos que levá-la... levá-la a um médico." A voz de Hulda falhou e, uma vez que começou a derramar lágrimas, ela se viu soluçando incontrolavelmente, mal conseguindo balbuciar as palavras.

Jón a puxou gentilmente, mas com firmeza, para longe da porta e a levou para a sala de estar. Hulda lutou contra ele a princípio, mas acabou cedendo, sentindo-se totalmente derrotada.

"Jón", ela disse chorando, "temos que marcar uma consulta para ela... com um terapeuta, um psiquiatra... temos que fazer alguma coisa".

"Isso não é um pouco drástico, Hulda, meu amor?", ele disse com a voz suave. "Não há necessidade de fazer disso um cavalo-de-batalha."

"Um cavalo-de-batalha? Você está completamente cego, Jón? Deliberadamente cego? Há algo seriamente errado e deveríamos ter percebido isso há muito tempo. Talvez um problema na escola? Algo... quero dizer, o que aconteceu com todos os amigos dela? Parece não ter sobrado nenhum."

"Querida, vamos aguardar e ver o que acontece até depois do Natal. Sei que você estava esperando que ela caísse em si e que as coisas voltassem a ser como eram, mas temos que aceitar que isso não irá acontecer. Vamos apenas respirar fundo e deixá-la ficar trancada em seu quarto se quiser. Talvez ela só precise ficar sozinha. O que sabemos sobre isso?"

"Mas é exatamente o que quero dizer! O que sabemos sobre o que está acontecendo com a cabeça dela? Nada! Por isso precisamos de ajuda profissional. Vamos ligar para alguém agora, hoje!"

"É véspera de Natal. Não vamos ligar para ninguém, Hulda. Esqueça. Ninguém está trabalhando. Prometo que iremos falar com alguém entre o Natal e o Ano-Novo, se ela não tiver saído dessa até lá, ok?"

Hulda pensou sobre isso, seu peito arfando com soluços reprimidos. Embora não concordasse que eles esperassem, tinha que admitir que Jón tinha certa razão. Dificilmente conseguiriam um médico ou psicólogo durante um feriado, a menos que fosse uma emergência. Talvez ela estivesse exagerando.

"Veremos", ela respondeu a contragosto. Era tudo o que diria por enquanto.

O pior é que ela teria que ir trabalhar no dia seguinte, dia vinte e cinco. Foi incrivelmente lamentável que seus turnos tivessem sido acertados dessa maneira, e é claro que Jón estava, de certa forma, certo de que ela já estava na polícia há tempo o bastante para ser capaz de se recusar a trabalhar nos feriados mais importantes. Mas a verdade era que ela não ousaria dizer não: sua vida na polícia era uma batalha perpétua contra o patriarcado e ela se sentia compelida a fazer mais do que era esperado, por mais que pudesse se arrepender.

Na verdade, caramba, por que ela deveria assumir o turno? Ela diria a eles para encontrarem outra pessoa. Correu pelo corredor, pegou o telefone e ligou para seu colega que estava de plantão.

"Olá, aqui quem fala é Hulda..." Enquanto falava, ela percebeu que era uma ideia estúpida; não haveria ninguém no DIC hoje, exceto esse policial, que não tinha poder algum para liberá-la do turno do dia seguinte.

"Alô, está tudo bem?"

"O quê, ah, sim, claro... Você é a única pessoa de plantão hoje?"

"Claro. As pessoas não estão exatamente fazendo fila para trabalhar na véspera de Natal. É uma chatice dos infernos ter sido obrigado a pegar esse turno. Porém, espero chegar cedo em casa hoje à noite, se as coisas continuarem calmas do jeito que estão."

"É... er, suponho que não haja chance alguma de você assumir meu turno amanhã?"

Houve um breve silêncio do outro lado da linha, então ele deu uma gargalhada bem alta. "Boa, Hulda! A resposta é não — sem chance."

"Você... tem alguém... A questão é que eu estou com um problema em casa", ela insistiu, tentando impedir sua voz de oscilar.

"Você não tem a menor chance de arrumar alguém para assumir seu turno em tão pouco tempo. Você terá que vir amanhã e encontrar outra maneira de resolver o problema em casa."

"Sim, eu... suponho..."

"Olha, pelo que me lembro, havia uma mensagem para você quando cheguei hoje de manhã. Alguma telefonista anotou."

"Uma mensagem?"

"Sim, que você deveria ligar para algum número, espere um pouco... seis-cinco-seis alguma coisa. Não consigo me lembrar do resto. Só um segundo."

Hulda queria desligar, ela não tinha absolutamente nenhum interesse em lidar com assuntos do trabalho neste dia; mesmo assim, esperou. Finalmente, seu colega localizou o número de telefone, mas aparentemente a mensagem não continha outra informação.

"Você poderia checar para mim?", ela pediu. "Não consigo me lembrar de quem é esse número."

"Sim, claro, com certeza. Não é como se tivesse muito o que fazer. Dê-me um minuto." Houve um farfalhar quando ele tirou o telefone da orelha. Após um breve intervalo, pegou o telefone novamente. "É um número de Gardabær, Kolbrún e Haukur..."

"Ah, certo, eles..." Ela se perguntou por que diabos eles estavam tentando contatá-la. "Quando ligaram?"

"Aqui não diz. Pode ter sido ontem à noite, ou talvez hoje de manhã. Quando você saiu do trabalho?"

"Ontem à tarde... Certo, ok, eu... eu vou ligar para eles."

Os pais da garota que havia desaparecido... O caso que havia estado tão presente em sua cabeça ultimamente. Talvez quisessem saber como as coisas estavam, antes de tudo fechar para o feriado.

    Hulda considerou retornar a ligação ali mesmo, mas não conseguia. Tinha o bastante com que lidar em casa. Em vez disso, decidiu adiar até chegar no trabalho no dia seguinte, já que parecia não haver alternativa a não ser ir para o escritório.

XV

Quando Erla despertou, depois de voltar para a cama conforme seu marido havia sugerido, seu primeiro pensamento foi um pedido fervoroso para que os eventos da manhã não houvessem sido nada além de um sonho longo e perturbador; para que Leó tivesse finalmente partido e Anna estivesse ali. Então, o Natal poderia começar.

Para se distrair, ela pensou nas tarefas domésticas que precisaria concluir antes do anoitecer, como deixar o jantar pronto, o que significaria ferver o cordeiro defumado no fogão a gás, certificando-se de que estaria tudo perfeito às dezoito horas, quando tradicionalmente as celebrações do Natal islandês começam. Ela se viu sorrindo antecipadamente, mas seu sorriso desapareceu quando se lembrou do corte de energia. Que chato: eles iriam perder as canções de Natal neste ano. Eles tinham um transistor a bateria, mas ele parou de funcionar há muito tempo e Einar nunca o levou para consertar. Na época, ele disse que ficaria feliz em não receber notícias por alguns dias quando houvesse um corte de energia. "Não é nada além de desgraça e melancolia mesmo. Estamos melhor sem."

O som da voz de Leó vindo da sala de estar a tirou de seu feliz devaneio e a trouxe de volta à Terra.

"Inferno", ela resmungou para si própria, e checou o despertador. Ela havia dormido até o meio-dia. Não conseguia lembrar-se da última vez que havia feito isso. Devia ser porque ficara acordada por tanto tempo na noite passada.

Anna. Certamente Anna deve estar aqui agora. Ela sempre chega aqui na hora do almoço, Erla pensou, sorrindo novamente. E com Anna lá para apoiá-la, talvez, no final das contas, sobrevivesse à visita de Leó.

Ela saiu da cama, vestiu-se e caminhou lentamente pelo corredor até a sala de estar. Lá, estavam Einar e Leó sentados, como se não tivessem se mexido desde a manhã. Eles haviam apagado as velas e uma luz pálida e aquosa entrava pelas janelas. O amanhecer de inverno havia rompido e fazia sentido poupar as velas e aproveitar ao máximo a luz do dia, uma vez que a escuridão chegaria em três horas. Graças a Deus, havia parado de nevar, então, talvez, eles finalmente pudessem se livrar de Leó.

"Onde está Anna?", ela perguntou.

Ela foi recebida pelo silêncio. Leó baixou os olhos, evitando seu olhar.

"Por que Anna ainda não está aqui? É hora do almoço, Einar. Ela já deveria estar aqui."

Einar levantou-se. "Está certo, amor. Sente-se aqui, vou te dar um pouco de café."

Ele foi para a cozinha e voltou com uma xícara, a qual colocou sobre a mesa e encheu com café. Ela sentiu como se a manhã estivesse se repetindo, como se estivesse em um ciclo de pesadelo.

"Não está nada certo, Einar. É véspera de Natal, e ela nunca esteve tão atrasada antes. E aí está você, se comportando como se nada estivesse errado!" Erla se movimentou repentinamente em direção a ele e deu-lhe um empurrão. "Qual é o seu problema? Por que está agindo assim?" Enquanto dizia isso, se deu conta de que estava descontando sua raiva no homem errado. Ela tinha apenas um aliado aqui e era seu marido. Então, voltou-se para Leó.

"Já é hora de você parar de mentir para nós, Leó!", ela disse agressivamente, dando um passo em sua direção. Ele parecia assustado — o bastardo realmente estava com medo dela! Merecidamente.

"Eu... eu não estou mentindo", ele gaguejou.

Ela se aproximou e sentou-se no sofá ao lado dele, embora não houvesse muito espaço. Ela conseguiria arrancar a verdade dele, custasse o que custasse.

"Você alega que encontrou nossa casa por acaso, não foi?"

"Sim, graças a Deus... acho que isso salvou a minha vida", ele vacilou.

Ele estava nervoso, não havia dúvidas quanto a isso.

"Você está mentindo. Isso é mentira. Vi suas pegadas na neve. Você seguiu a estrada até aqui. Ah, sim, você nos disse que... que havia marcas na neve e você as seguiu." Ela ficou surpresa com o quão firme soava, com a coragem que foi capaz de tomar agora que as coisas estavam difíceis. Mas havia um frio na barriga. Ela temia por sua filha, temia que esse intruso tivesse machucado Anna de alguma maneira.

Leó estava em silêncio.

"Foi o que você nos disse ontem, não foi?"

"Sim, er, claro, mas não foi bem isso que quis dizer... Eu vi algumas marcas, está certo, mas..."

"E elas o trouxeram para cá, mas antes elas o levaram à casa de Anna. A estrada vem lá do vilarejo. E foi de onde você veio. Você não estava atirando nos pântanos com seus amigos — fossem eles dois ou três, ou quantos forem hoje!" O pensamento de que pudesse estar lutando pela vida de sua filha lhe deu uma força incomum. Pelo amor de Deus, Anna já deveria estar aqui agora!

"Eu *estava* caçando", contradisse Leó, com mais força dessa vez. "Nós estávamos, er, atirando em lagópodes."

Einar finalmente interveio. "Então, onde está a sua arma, cara?", ele perguntou baixinho, um tom frio e firme em sua voz.

Finalmente, finalmente, Erla pensou, ele estava começando a entender. Ele havia se dado conta de que algo estava errado.

"Minha arma? Ah, minha arma. Eu, er, eu a larguei quando me separei dos demais. Estava ficando cansado e não queria me sobrecarregar com peso desnecessário."

Erla se conteve, deixando Einar tratar essa justificativa com o desprezo que ela merecia.

Mas Einar não respondeu imediatamente e um silêncio preocupante pairou sobre a pequena sala. De qualquer maneira, a atmosfera era peculiar o suficiente, graças ao corte de energia; uma espécie de escuridão cintilante prevaleceu, evocando a hora do dia que Erla sempre achou mais sinistra: a hora em que fantasmas poderiam emergir das sombras e assumir formas humanas sem você saber.

Ela estremeceu; estava frio na sala, como sempre, mas não foi isso que desencadeou sua reação e sim um desejo fervoroso de que esse estranho nunca tivesse aparecido na porta de sua casa, nunca tivesse perturbado o equilíbrio precário de sua vida familiar. Sim, de certa forma... ela estava infeliz ali; não podia mentir para si mesma, mas desejava ser deixada em paz com sua infelicidade.

Ela aguçou os ouvidos, tentando ouvir o som da abertura da porta que anunciaria a chegada de Anna. Esperando-a entrar na sala, seu cabelo ainda incrustado com a neve de sua caminhada, cheia de desculpas por chegar tão tarde. Uma vez que estivesse ali, não haveria necessidade de interrogar Leó. Porque talvez ele estivesse dizendo a verdade. Sua confiança vacilou, mas então ela lembrou que ele poderia estar mentindo para encobrir o fato de que havia feito alguma coisa com Anna.

"Então, você deixou sua arma para trás, não é, cara?", Einar perguntou finalmente, em um tom de voz enganosamente nivelado.

Leó assentiu, seus olhos correndo de um lado para o outro como se estivesse se dando conta de que o jogo havia acabado e que havia perdido. Que ele não era mais bem-vindo ali.

"Sim", ele disse após uma breve hesitação.

"Isso me parece uma coisa um pouco estranha de se fazer. Armas são brinquedos caros — elas custam um braço e uma perna, como tenho certeza de que você sabe. Nunca ouvi falar de alguém que largou sua arma assim. Você tem ideia de onde a deixou? Você marcou o lugar?"

"Na verdade, não. Enfim, eu não tinha nada com o que marcar."

"Então, obviamente, não lhe falta dinheiro."

"O quê? Não, claro que estou chateado com a perda. Suponho que a verdade é que entrei em pânico — estava com medo de morrer de frio lá fora."

"E você disse que veio pela estrada. Não notou a outra casa no caminho para cá?"

Houve uma longa pausa.

"A outra casa?", Leó perguntou, hesitante.

"Sim, minha esposa estava lhe perguntando isso ontem à noite e hoje de manhã novamente."

"Ah, certo, sim..."

"Você disse que não havia visto nenhuma outra construção a não ser nossa casa, mas há outra casa que é nossa também, não muito longe. A estrada que vem do vilarejo passa bem em frente." Einar soou extraordinariamente severo.

Leó não respondeu.

"Então, você não seguiu a estrada? As marcas?"

"Sim... er, eu segui."

"E mesmo assim você não viu a casa. Ou era a nossa que você estava procurando?"

O silêncio se estendeu, cheio de tensão. Einar recuara um pouco, como se para colocar mais distância entre ele e Leó, e Erla ficou o mais longe possível do visitante, como se para deixar claro o fato de que eram dois contra um e ele estava sozinho.

"Veja", Leó disse, na defensiva agora, "é possível que eu tenha visto. Eu... eu vi uma construção à distância, mas todas as luzes estavam apagadas, então continuei andando. Pode ser a casa sobre a qual vocês estão falando, mas eu estava exausto e sentindo tanto frio naquela hora... eu estava procurando por algum sinal de vida, por uma luz...".

"É a casa da nossa filha", interrompeu Erla, "e não há como ela ter recusado abrigar você, se você tivesse batido na porta dela. Você sabe o que acho?", ela aumentou o tom de voz. "Acho que você foi até lá e ela o deixou entrar, e... e depois você fez alguma coisa a ela. Isso é o que acho! Ela ainda não está aqui, ainda não apareceu... Diga-nos a verdade, Leó. Pelo amor de Deus, você tem que nos dizer a verdade!"

"Erla...", Einar interveio. "Erla, amor..."

"Juro que não me encontrei com ela, nem mesmo bati na porta dela — a casa parecia... não havia luzes que se pudesse ver. Realmente não sei o que estava pensando. É difícil pensar direito em uma situação como essa."

Einar se aproximou de Leó abruptamente e levantou o tom de voz. "O que quer de nós?"

"O quê... o que quero de vocês? Nada, eu apenas precisava de abrigo. Isso é tudo um grande mal-entendido."

"O que você fez com Anna?" Erla chorava, sentindo as lágrimas escorrerem pelas bochechas. "O que fez com ela?"

"Nunca encontrei com Anna, eu juro a vocês..."

"Minha esposa me disse que você estava bisbilhotando nosso quarto ontem", Einar disse, mantendo o tom de inquisição implacável. "Isso é verdade?"

Leó ficou visivelmente abalado com a acusação. "Não. Não sei por que ela pensaria isso."

"Eu te *vi*, quando entrei em casa. Tenho certeza", Erla disse categoricamente.

"Você quer dizer que me viu no corredor. Você deve estar imaginando coisas", Leó retrucou.

"Vamos ver o que temos aqui", Einar disse firme e friamente. "É possível que minha esposa tenha cometido um erro, mas parece-me que há uma série de coisas que precisam ser explicadas."

"Não sei o que dizer", o visitante protestou com um suspiro. "Não menti a respeito de nada e não entendo por que vocês estão me acusando dessa maneira. Se não me quiserem aqui, vou embora agora mesmo."

"Tenha calma. Ninguém está falando isso", Einar lhe disse. "Só queremos que você seja honesto conosco."

"Mas *estou* sendo honesto com..."

Erla interrompeu novamente. "E na noite passada? Por que estava rondando por aí?" Quando disse isso, teve um momento de dúvida, imaginando se havia sido um sonho. Talvez ela não tivesse realmente ouvido os ruídos furtivos ou o ranger da porta do sótão. Mas quando viu a leve contração de um músculo da bochecha de Leó, o arregalar de seus olhos, ela sabia que não havia sido sua imaginação. Lançou um rápido olhar para seu marido e viu que ele também havia captado os sinais traidores de culpa.

Leó ficou sentado em silêncio.

"Eu ouvi você, você subiu para o sótão."

"Como diabos...?"

"...eu sei disso? É porque conheço essa casa."

"Então há mais perguntas para você responder, Leó."

"Eu...", o visitante disse e parou. Erla sentiu que ele estava tentando decidir se continuaria mentindo para eles ou admitiria a verdade. "Está certo", ele continuou, "de fato eu estava acordado na noite passada. Não consegui dormir. Para ser honesto, estava me sentindo um pouco claustrofóbico. Não estou acostumado a ficar coberto de neve assim. Eu coloquei minha cabeça para fora da porta para respirar um pouco de ar, mas não ajudou, só me deixou ainda mais ciente do que antes de como... bem, como esse lugar é isolado".

"E o sótão? O que você estava fazendo lá em cima? E não tente mentir para mim, Leó — eu ouvi você abrir a porta lá de cima." Ela acrescentou para garantir: "E meu esposo também ouviu".

"Ah, eu não sabia realmente o que queria. Eu só pensei em tentar dormir lá, para ver se me sentiria menos claustrofóbico lá em cima..."

Einar caminhou até o sofá e colocou a mão no ombro de Leó. "E como foi, cara? Depois disso você voltou para o quarto de hóspedes?" Havia uma nota de advertência em sua voz.

Leó baixou os olhos, respondendo depois de um tempo. "Sim, por fim eu consegui dormir. Desculpe-me se mantive vocês dois acordados."

"Venha comigo", Einar disse. Era uma ordem, mas educada. Sua mão ainda estava no ombro de seu convidado.

"Aonde? O que você quer dizer?"

"Suba as escadas."

"Lá para cima... para o sótão?"

"Sim, venha comigo. Só quero certificar-me de que nada foi danificado ou roubado", Einar disse firmemente, acrescentando, quando Leó não reagiu: "A menos que você prefira que eu não cheque?".

"Não, claro que não. Não tenho nada a esconder."

"Está certo, então, vamos lá para cima. Você primeiro — afinal, você já conhece o caminho."

Erla viu a confusão nos olhos de Leó, mas ele obedeceu e subiu lentamente as escadas na frente de Einar. A porta do sótão estava trancada pelo lado de fora e, quando Erla ouviu o som da chave girando na fechadura, teve quase certeza que esse era o barulho que ouviu na noite anterior.

"Ah, e claro que está escuro aqui em cima", ela ouviu Einar dizer. "A janela está coberta de neve. Espere um minuto. Vou pegar uma vela."

Erla deu um pulo ao ouvir o som da porta fechando e da chave girando na fechadura. Os segundos pareciam passar tão lentamente quanto os minutos, enquanto aos poucos ocorreu-lhe que seu marido havia trancado o convidado dentro do sótão.

Então, ela ouviu os primeiros gritos. "O que diabos está acontecendo?" A voz de Leó chegou claramente até ela. Ele tentou abrir a maçaneta, depois começou a bater na porta, mas Erla sabia que ela não cederia tão facilmente. Essa era uma casa velha e sólida e a maioria das portas eram correspondentemente grossas e resistentes.

"Deixe-me sair, porra! Deixe-me sair! Isto é contra a lei. Deixe-me sair!" Ele começou a bater na porta novamente.

Einar desceu as escadas parecendo imperturbável.

"Certo, amor, vamos dar uma rápida olhada nas coisas dele. Não confio muito nesse sujeito. Acho que você pode estar certa esse tempo todo."

Ele gritou por cima dos ombros: "Apenas seja um pouco paciente, cara. Voltarei em breve".

Erla mal podia acreditar no que acabara de acontecer, aliviada de que Einar, aparentemente, decidisse levar seus temores a sério. "O que você está fazendo?", ela sussurrou, indo até ele.

"Há algo de suspeito nisso tudo, amor. Vamos descobrir se ele está falando a verdade."

"Mas o quê... o que você vai fazer? Você está planejando mantê-lo trancafiado... até o Natal?"

"Não, claro que não", Einar respondeu, enquanto Leó continuava batendo violentamente na porta lá de cima. "Isso não adiantaria. Além disso, tudo pode não passar de um mal-entendido e, nesse caso, o deixaremos sair imediatamente. Mas precisamos ser cuidadosos. Não vou colocar você em risco por causa de um estranho."

"Mas o quê...?"

"Só vou dar uma olhada nas coisas dele. Logo verei se ele anda mentindo para nós." Ele balançou a cabeça e bufou desdenhosamente. "Caçar sem nenhuma arma, posso com isso?"

Teria sido esse o ponto de inflexão? Pouco a pouco, as pistas de que algo não estava certo foram se acumulando. Mas talvez Einar só tivesse chegado à conclusão de que dois mais dois são quatro agora porque disso ele entendia, como um caçador perspicaz que havia abatido alguns lagópodes naquele inverno — sabia que nenhum caçador de verdade deixaria sua arma para trás.

A arma de Einar... De repente, Erla teve um pensamento horrível. "Einar", ela sussurrou, "sua arma! Ele poderia ter arrombado o armário ontem à noite? Poderia ser isso o que estava procurando?".

Seu marido franziu a testa. "Está trancado, e sempre mantenho a chave comigo, você sabe disso." Ele deu um tapinha em seu bolso. "Ainda assim, esse é um bom ponto. Vou checar."

Ele desapareceu pelo corredor e voltou logo depois, balançando a cabeça. "Não, a arma ainda está no armário e não há nenhum sinal de que alguém tenha tentado arrombar a fechadura. Certo, vamos dar uma olhada nas coisas dele."

Erla ficou parada igual pedra, observando-o entrar no quarto de hóspedes e, de repente, incongruentemente, se viu pensando no cordeiro defumado. Para se distrair, começou a tentar pensar a que horas deveria colocá-lo para ferver e quando teria que começar a preparar os acompanhamentos. A ceia de Natal era a refeição mais importante do ano e sempre exigia preparo para que tudo corresse bem. Normalmente, eles também comiam um lanche leve ao meio-dia, mas, com toda aquela confusão, havia se esquecido completamente.

Ela fechou os olhos, tentando bloquear as batidas e os gritos lá de cima e focar nessas preocupações mundanas, como se pudessem transportá-la para outro mundo onde tudo estava bem. Onde a luz não havia fugido antes da escuridão de um corte de energia; onde nenhum visitante havia aparecido inesperadamente; onde canções de Natal estivessem tocando suavemente no rádio; onde apenas os fantasmas conhecidos andavam à espreita à noite e não um estranho sinistro, e onde Anna aparecia para almoçar na véspera de Natal...

Anna?

O pensamento em Anna a tirou de seus devaneios e a trouxe de volta ao duro presente. Ainda não havia sinal da filha deles.

XVI

A mãe de Hulda estava confortavelmente acomodada no sofá com um copo de bebida de malte. Ela falava pouco, mas de vez em quando servia-se de uma tigela de chocolate que estava sobre a mesa de centro. Hulda fez o possível para fingir que tudo estava bem. Ao fundo, no rádio, eram lidos bons votos das famílias dos pescadores que estavam no mar durante as festas.

"Aparentemente, este Natal será extralongo", a mãe de Hulda disse, assim, do nada.

"Extralongo?"

"Sim, alguém estava falando sobre isso ontem no rádio. Quando o Natal cai pouco antes de um domingo, você ganha um feriado extralongo." Seu sorriso parecia tenso. Ela estava cansada e sempre esteve, desde que Hulda podia lembrar-se; sempre ocupada, tentando pagar as contas, tentando manter vários empregos simultaneamente. Mesmo agora, que estava se aproximando da aposentadoria, ainda trabalhava limpando casas de manhã até a noite.

Hulda havia prometido muitas vezes a si mesma que não acabaria assim quando tivesse a idade de sua mãe. Pelo contrário, ela estava determinada que, até lá, ela e Jón estivessem livres de dívidas e suficientemente bem de vida para que pudessem parar de trabalhar em uma idade razoável e aproveitar sua aposentadoria.

Jón não estava à vista; ele se refugiara em seu escritório, alegando que havia algum negócio urgente que precisava resolver antes do Natal. O fato dele escolher trabalhar por tantas horas, apesar de ser seu próprio chefe, deixava Hulda nervosa, mas ela não podia reclamar, pois isso significava ter um padrão de vida confortável. Embora houvesse vezes, como agora, que não eram nada mais do que uma desculpa para evitar ter que passar muito tempo com sua sogra.

Hulda se esforçou em fazer companhia à sua mãe na sala de estar, embora houvesse pouco a dizer uma à outra e nenhuma conversa que tinham era normalmente iniciada por ela.

"Você vai escutar as canções de Natal mais tarde?"

"Sim, mamãe, durante o jantar, como sempre."

"Só queria ter certeza. Parece o certo a se fazer. Coloca você no espírito natalino." Após um breve silêncio, ela acrescentou: "Vamos comer o pernil de sempre nesta noite?".

"Sim, mamãe, não faremos nada diferente do habitual."

"Ah, bom, isso é adorável. Não da maneira que fui criada, mesmo assim, adorável... A propósito, onde está Dimma?"

"Está descansando, mamãe. Você sabe como os adolescentes são..."

"Oh, tenho dois presentes para a minha querida menina." Ela abaixou a voz. "Um suéter que eu mesma costurei e um livro. Espero que ela goste."

Hulda assentiu obedientemente. "Tenho certeza de que gostará, mamãe. Tenho certeza."

XVII

Erla ficou para trás e deixou Einar ir sozinho para o quarto de hóspedes para revistar a bagagem de Leó. Ela esperou, presa entre esperança e medo, ainda tentando ignorar as batidas e os gritos lá de cima.

Agora que Einar estava agindo de acordo com suas suspeitas, de repente começou a ter dúvidas, supondo que ela tivesse interpretado mal a situação e Leó não estivesse mentindo para eles. Ele realmente poderia ter se perdido e confundido alguns detalhes, pois estava em um estado ruim depois de sua provação.

Oh, Deus, ela pensou, se isso fosse verdade, o que aconteceria? Ele seria obrigado a denunciá-los à polícia quando voltasse ao vilarejo. Eles até poderiam ter que encarar acusações criminais... Ela conseguia sentir sua respiração mais rápida. Não, pare de ser boba, ela disse a si própria: eles poderiam simplesmente negar tudo. Era o único jeito. Seria a palavra de Leó contra a deles.

Não, eu não faço ideia do que esse homem está falando. Nós o acolhemos e lhe oferecemos um quarto para passar a noite, e é assim que ele nos retribui!

Ela ensaiou a conversa com a polícia mentalmente, tentando imaginar qual policial viria vê-los. O inspetor, talvez? Sim, provavelmente. Um homem de meia-idade de quem ela nunca gostou muito.

"Erla! Venha aqui!" O grito de Einar penetrou a névoa que a cercava. "Venha ver o que achei!"

Ela foi em direção ao quarto de hóspedes, apreensiva, sentindo seu coração palpitando contra o peito.

"Venha logo."

Ela espiou pela porta e viu Einar segurando uma bússola com ar de triunfo.

"Ele tinha uma bússola, o bastardo mentiroso. Então ele não podia estar tão perdido. O que significa que ele mentiu para nós sobre não fazer ideia de para onde estava indo. Sabe, eu não ficaria surpreso se ele também tivesse sabotado o telefone. Acho muito suspeito a linha ter caído bem na hora em que ele apareceu."

"Você acha... Você está falando sério?" Na verdade, a teoria de Einar não era tão absurda. O telefone estava funcionando bem no dia anterior à chegada de Leó e a linha normalmente resistia a qualquer clima, mesmo quando a eletricidade acabava.

"É melhor darmos uma olhada nisso. Não sou engenheiro de telefonia, mas vou dar uma olhada mesmo assim." Einar continuou vasculhando a mochila do visitante.

Erla recuou alguns passos. Ela ficou parada ali, ligeiramente atordoada, observando seu esposo se portar como se tivesse sido tomado por um ataque de loucura, sacudindo a mochila e retirando o conteúdo dela.

Einar normalmente era um homem calmo, mas ela já tinha visto esse lado dele antes. Não frequentemente, mas algumas vezes; o bastante para saber do que ele era capaz. Por sorte, ele nunca descontara seu temperamento nela. Não, ele sempre a tratara bem, mas quando sentia que estava sendo pressionado demais, podia rapidamente se enfurecer. Não era exagero dizer que ele se transformava em uma pessoa completamente diferente.

"Ei, olhe isso, Erla!" Einar ergueu um maço de cinco mil coroas. "Dinheiro, muito dinheiro. Você estava certa, a história dele não bate."

A mente de Erla voou até Anna novamente. O homem havia mentido para eles, repetidamente. "Certo, continue procurando", ela disse. "Mas Deus nos ajude se estivermos errados, Einar. Deus nos ajude."

As pancadas na porta lá de cima eram violentas o bastante para sacudir a casa. "Abra a porta neste minuto!", Leó berrou. "Você não pode fazer isso comigo!"

XVIII

"Erla, volte. Você tem que ver isso!", Einar gritou urgentemente. Ela estava paralisada na porta, incapaz de se mover, desejando de todo o coração estar em outro lugar. Qualquer lugar, menos ali, nessa situação horrível.

E se desistisse agora, escapasse da casa e fugisse, sem nenhum rumo em particular, apenas para escapar? Mas ela sabia que não adiantaria. Ela se sentia sufocada pelo peso opressivo da neve que os cercava e os mantinha fechados dentro da casa.

Nessa época do ano, nesse clima, não havia saída.

Por mais alto que gritasse, por mais rápido que corresse, tudo o que poderia esperar era uma morte lenta por hipotermia. Não era de se admirar que sempre imaginava a casa deles como uma prisão.

"Erla, você está ouvindo? Venha aqui."

"Eu te ouvi", ela disse, controlando a voz. "Mas não quero entrar aí, Einar. Não quero ter nada a ver com isso. Isso... parece errado. Nós estamos cometendo um crime contra esse homem. Não podemos mantê-lo trancafiado dessa maneira. Temos que deixá-lo sair."

"Mas era você quem estava com medo dele, Erla! Não eu. Sabe, às vezes não te entendo. Você tem que parar com essas bobagens. Isso é real, Erla, isso é como a realidade é. Esse homem é real, e acho que ele está escondendo alguma coisa. Na verdade, tenho certeza disso. E *essa* é a prova!" Ele estava brandindo uma carteira roubada.

"*Não* vou entrar aí!", Erla gritou, sentindo que estava começando a tremer.

"Bem, então dê uma olhada nisso." Ele abriu a carteira e a ergueu em sua direção. Ela deu um passo cauteloso para dentro do quarto, como se estivesse invadindo a casa de um estranho. Obedientemente, ela examinou a identidade do homem.

"Olha esta habilitação", Einar disse. "A foto é dele, mas Leó é apenas um nome do meio. Parece que ele não quer nos dizer seu verdadeiro nome."

"Talvez ele use o nome do meio", Erla rebateu. Ela não tinha certeza do que pensar. Fora torturada por dúvidas desde que Leó chegou. "O que está acontecendo, Einar?", ela perguntou, com a voz trêmula.

"Eu não sei, amor, mas vou descobrir." Ele parecia duro, determinado. De certa forma, Erla ficou aliviada que Einar assumisse o assunto, mas ao mesmo tempo não conseguia deixar de se sentir apreensiva. Quando ele perdia o controle dessa maneira, havia o perigo de ele fazer algo precipitado.

Agarrando a mochila, ele a virou, derrubando o resto das coisas no chão — roupas, artigos de higiene: nada imediatamente suspeito. Einar balançou a bolsa e então espiou dentro dela. "Vazia. Vamos ter que ver coisa por coisa; para ver se conseguimos encontrar alguma pista sobre quem ele é e o que está fazendo. Até onde sabemos, ele pode ser um criminoso em fuga."

"Você não acha que ele irá arrombar a porta, acha?", ela perguntou.

"Espero que não, mas se ele fizer isso, deixe-o comigo. Não tenho medo de um menino covarde da cidade. Acho que posso com ele." Erla não tinha dúvidas de que ele podia. Einar tinha um corpo bem robusto, como se tivesse herdado a energia acumulada de todos os seus antepassados, que travaram uma batalha tão amarga contra as intempéries para manter habitado este remoto pedaço de terra. Eles tiveram sucesso até o presente, mas agora os presságios estavam se juntando, sugerindo que os dias da fazenda estavam contados, como era óbvio para qualquer um, exceto para Einar. Se eles apenas pudessem se mudar... montar uma casa em outro lugar. Mas Erla sabia que não era tão simples. Todos os seus bens materiais estavam mais ou menos ligados à propriedade: o negócio rural, os equipamentos, os animais... Não seria fácil vendê-los. Uma casa velha, longe do vilarejo mais próximo, não valia nada se ninguém quisesse morar lá. Todas as propriedades abandonadas espalhadas pela zona rural islandesa testemunharam silenciosamente o fato, e Erla podia imaginar o mesmo destino à sua própria casa depois que se mudassem: janelas quebradas, pintura descascada, telhado de ferro corrugado enferrujado; uma carcaça vazia, não mais um lar, servindo para ninguém além dos fantasmas que vagavam pelo deserto.

É verdade que também possuíam a terra, uma propriedade considerável, mas o mesmo se aplicava a ela; uma propriedade naquela área não valia nada, exceto para um fazendeiro que estivesse preparado para viver aqui. Nunca seria tão popular como uma colônia de veraneio, não com seus invernos severos e verões frios.

Enquanto os pensamentos dela passeavam por essa ideia batida, Einar estava remexendo no conteúdo da mochila. "Nada de interessante aqui."

"E o bolso?", ela perguntou.

"O quê? Onde?", ele perguntou avidamente.

"Na lateral, ali." Erla apontou para um bolso fundo na lateral da mochila.

"Ah, sim, bem observado. Talvez ele tenha algo escondido aqui." Einar abriu o zíper e enfiou a mão lá dentro. "O quê...?"

XIX

Einar tirou uma faca de caça do bolso.
Sacando-a de sua bainha, ele testou a lâmina com seu polegar. "Está afiada para caramba."
Erla ficou tensa de medo. Ela percebeu que seria vital acalmá-lo. Ela conhecia seu marido nesse estado de espírito; aquela expressão, a nota sinistra em sua voz.
"Pode haver uma explicação perfeitamente natural para isso, querido. Afinal, o homem estava em uma viagem de caça."
"Caçar lagópode com uma faca?"
"Não há nada de estranho em levar uma faca em uma viagem de caça — por precaução." Mas seu esposo não estava ouvindo.
"Acho que está na hora de ter uma conversa com ele", ele disse sombriamente, indo em direção à porta.
Erla bloqueou seu caminho. "Einar... Einar."
"Deixe-me ir falar com ele, Erla." Ele ainda estava segurando a faca.
"Deixe a faca, Einar."
"Vou levá-la comigo só para garantir. Por precaução, como você disse. Afinal, não sabemos com quem estamos lidando."
"Pelo menos coloque-a de volta na bainha..." Mas ela falou sozinha.
Ela ficou parada, determinada a não deixar Einar passar. Ao fundo, ela conseguia ouvir Leó esmurrando a porta com seu punho, chutando-a e gritando até ficar rouco.

Então seus pensamentos retornaram à Anna.

"Einar, você não acha que ele poderia ter parado na casa de Anna e, de alguma forma, machucado ela?", perguntou, mas era tarde demais: Einar não conseguia mais ouvi-la. Ele havia passado e estava indo em direção às escadas.

A faca, aquela lâmina letal... o mundo ficou momentaneamente preto quando pensou no que podia ter acontecido. Por que Leó mentira sobre não ter visto nenhuma outra casa no caminho para a fazenda? Deus, como ela desejava poder ouvir o som da porta se abrindo e a voz de Anna gritando para que se soubesse que ela havia chegado. E se ele a tivesse atacado? A faca parecia limpa, mas claro que ele poderia tê-la limpado. Uma imagem vívida de Anna deitada no chão, indefesa, sangrando até a morte, surgiu em sua mente. Ela foi dominada por um desejo avassalador de correr para a porta da frente e caminhar pela estrada até a casa de sua filha, desafiando a tempestade.

"Vou procurar Anna", ela disse consigo mesma. Mas ouvindo o barulho do vento lá fora sabia que seria difícil, senão impossível, chegar lá viva.

Ela foi para a sala de estar.

"Estou entrando", ela ouviu Einar dizendo lá em cima em tom ameaçador. "Você pode se afastar da porta?"

As batidas pararam e, de dentro do sótão, Erla ouviu Leó chamando: "Então, entre!".

Ela foi tomada por um pavor doentio do que poderia acontecer. O mais sensato seria correr escada acima e apartá-los, depois ordenar Einar a deixar o homem ir embora. Mostrar a porta a Leó...

Ou talvez a porta para o porão debaixo da casa. A entrada era lá fora — deixá-lo ficar lá embaixo. Então, poderiam se trancar dentro de casa e desfrutar do Natal em paz, deixando o problema para depois. Teriam que mentir para a polícia. Sim, infelizmente, não havia como contornar a situação. Ela conseguia fazer isso — tinha certeza de que conseguia. Ela poderia mentir por Einar. Alegar indignada que ele nunca trancou alguém. *Que ridículo — meu marido nunca faria algo desse tipo.* Sim, é provável que fosse bem convincente se tentasse. Porque, apesar de tudo, não conseguiria suportar a perspectiva da vida sem Einar. Embora fosse capaz de dar quase tudo para se mudar dali, há muito resolvera envelhecer com seu marido. O pensamento de perdê-lo era devastador.

Uma estranha quietude se instalou. Sem dúvida, Einar estava abrindo a porta; sim, ela conseguia ouvir o barulho da chave girando na fechadura. Depois o rangido das dobradiças, seguido por uma enxurrada de perguntas raivosas de seu esposo: "O que diabos quer de nós? E o que é isso? Sim, o que é isso? Por que veio até aqui com uma arma?".

Erla não conseguia suportar ouvir mais nada. Apertando as mãos sobre os ouvidos, correu para a porta da frente, mas teve que abaixar as mãos para abri-la, e então ela pôde ouvir a batalha de vozes altas no sótão. Choramingando em desespero, correu para fora, indiferente ao fato de que estava vestindo roupas de ficar dentro de casa, apenas para descobrir que começou a nevar com força novamente.

Ela cambaleou para longe da casa através dos montes de neve que batiam em seus joelhos.

A tempestade se tornou uma nevasca, reduzindo a visibilidade para não mais do que alguns passos, mas ela não se importava; não conseguia ouvir o que estava acontecendo lá dentro. Não conseguiria suportar o momento em que Einar, por fim, perdesse o controle.

Fervorosamente, inutilmente, ela desejou que o estranho nunca tivesse entrado na casa dela; que pudesse atrasar o relógio em vinte e quatro horas. Se lhe fosse dada outra oportunidade, ela bateria a porta na cara dele dessa vez.

Outra oportunidade...

Ali estava ela, na véspera de Natal, a quilômetros de qualquer outro lugar. Era um Natal branco — um bom Natal branco, ela pensou, sentindo vontade de rir histericamente, mas não havia nada de mágico nisso. Estava brutalmente frio, mas ela continuava andando o mais rápido que podia, para longe da casa, descendo a ladeira onde sabia estar a estrada, embora os pontos de referência não pudessem ser vistos com clareza por conta dos montes de neve.

Ela tinha a sensação de que estava correndo para a casa de Anna, embora soubesse que era muito longe, e que nunca conseguiria chegar lá com vida, não com esse tempo, não vestida desse jeito. No entanto, ela se sentiu compelida a prosseguir, como se estivesse em um pesadelo, seu corpo lento caminhando contra a nevasca, o frio perfurando-lhe os ossos, sua respiração ofegante. Ela não estava tão em forma para continuar nesse ritmo e, ainda assim, não conseguia parar.

Ela não iria desistir até que seu corpo se recusasse a ir mais longe.

O pensamento de que ela realmente poderia morrer ali passou por sua mente, mas rapidamente se foi, e ela voltou a ficar obcecada por Einar e seu terrível temperamento; por Anna, sua filha amada, a única filha deles. E por aquele estranho que veio para destruir tudo; para arruinar a vida que haviam passado anos, décadas, construindo. Talvez ela não estivesse sempre feliz, não todos os dias, mas ainda era a sua vida e ele não tinha o direito — *nenhum direito* — de fazer aquilo. De perturbar as coisas.

Ela diminuiu a velocidade, exausta, e espreitou ao redor com os olhos apertados pelos flocos de neve, chocada ao perceber o pouco que havia percorrido. Todos os seus sentidos estavam falhando por conta da neve. Mesmo que a casa deles não estivesse longe, ela conseguia distinguir sua forma apenas nas breves lacunas entre as cortinas de branco que varriam a paisagem. Parecia sombriamente escura e inóspita com o corte de energia, sem um brilho acolhedor saindo pelas janelas. Trancada no rigoroso inverno.

Einar e o visitante provavelmente ainda estavam gritando um com o outro no sótão e ela estava feliz por estar longe da demonstração nua de agressão. Cegamente, cambaleou novamente para frente, tentando recuperar o fôlego antes que o vento a arrebatasse, como se fugisse de alguém, ou de *algo* palpável.

Ela podia sentir os sufocantes flocos de neve enchendo seu nariz e boca e o frio se espalhando pelo seu corpo levemente vestido, mas não tinha tempo de pensar sobre isso. Não tinha tempo de tirar o gelo de seus cílios; apenas continuou tropeçando. Instintivamente, sabia que estava seguindo a estrada. Enquanto fizesse isso, não poderia se perder. Isso não poderia acontecer de jeito nenhum. Claro que ela iria voltar, mas apenas depois que Einar houvesse resolvido o problema, como sempre fazia. Ela sabia que podia contar com ele.

Ele podia ser determinado. Teimoso, até zangado, mas, continuava afirmando para si própria, ele nunca descontou nela, muito menos em Anna.

Erla estava ciente de que cada passo a levava para mais perto da casa de Anna, embora ainda estivesse muito distante.

Ela diminuiu a velocidade, incapaz de continuar no mesmo ritmo, e parou por um momento, apenas para o frio obrigá-la a continuar. Seus dedos estavam dormentes e ela cerrou os punhos de novo e de novo para fazer o sangue circular, mas não ajudou muito. Ela tinha que voltar; não poderia continuar com essa loucura. Foi então que avistou o carro.

Lá estava ele — o jipe deles, o velho jipe verde, quase irreconhecível debaixo de sua espessa colcha de neve. Einar sempre o deixava estacionado a alguma distância da casa durante o inverno, já que a última ladeira até a fazenda era a parte mais difícil, onde se formavam os montes de neve mais densos.

Ela lançou um rápido olhar por cima do ombro, temendo ter sido seguida. De frente para o vento, ela apertou os olhos contra a neve, mas não conseguiu enxergar nenhum sinal de perseguição, apenas um turbilhão de flocos brancos caindo.

Erla não tinha força para refazer seus passos, não sem um descanso. Seu corpo inteiro tremia, seus dentes batiam. Ela começou a raspar freneticamente a neve que estava ao redor da porta do motorista do jipe, depois lutou com a maçaneta, seus dedos doloridos de frio, quase choramingando de medo de que o mecanismo estivesse congelado. Graças a Deus, eles nunca trancaram. Finalmente, ela conseguiu abrir a porta, arrastando-a pelo monte macio até que pudesse se enfiar pela abertura e ficar atrás do volante. Estava escuro no carro, com as janelas incrustadas de gelo. Ela procurou pela ignição, mas Einar não havia deixado as chaves nela, como costumava fazer. Não seria possível ligar o motor para fazer o aquecedor funcionar. Ainda assim, embora o carro estivesse congelando por dentro, pelo menos lhe deu uma trégua da tempestade. Ela se sentou, ofegante, recuperando o fôlego, fechou os olhos por um momento, apenas para juntar forças, não para adormecer — sabia que não devia sucumbir à sonolência que começou a tomar conta dela.

XX

Erla acordou com um sobressalto e se viu sentada no banco do motorista do jipe. Ela devia ter cochilado, mas não fazia ideia de por quanto tempo. Dado o risco de hipotermia, ela tinha sorte de ter acordado.

Ela ouviu um barulho, ou foi parte de seu sonho?

Esticando seus membros doloridos, espreitou à esquerda pela janela, apenas para dar de cara com um par de olhos a encarando através de um espaço estreito onde o gelo havia sido removido.

Ela se encolheu, sem fôlego com o choque, então endureceu de terror. Não conseguia ver quem estava lá fora, olhando para ela, mas sabia que não conseguiria escapar; o jipe não estava trancado e ela estava praticamente presa no banco do motorista.

Em pânico, ela olhou para a maçaneta da porta, evitando aqueles olhos terríveis, lutando freneticamente para trancar a porta por dentro.

Claro, isso lhe daria apenas alguns segundos de descanso, já que só conseguiria alcançar a porta do motorista. Não conseguiria alcançar a outra fechadura sem se arrastar pelo assento largo até o lado do passageiro.

Uma batida no vidro a fez pular e ela percebeu que devia ter sido esse o barulho que a acordara.

Lutando contra seus temores, Erla levantou os olhos até a janela novamente, com o coração batendo forte, dessa vez determinada a dar uma boa olhada em quem quer que estivesse lá fora. Só poderia ser um dos dois: Einar ou o visitante. Ela não poderia começar a acreditar em nada sobrenatural àquele ponto.

Oh, Deus, ela esperava ser Einar.

Ela se esforçou para ver o rosto dele através da estreita abertura.

Não era Einar.

Ela ficou paralisada de medo.

O homem bateu no vidro novamente.

"Erla?", ela o ouviu chamar, com a voz abafada pelo vidro. Ele sacudiu a maçaneta da porta. "Erla? Você pode abrir a porta? Preciso conversar com você."

Erla tentou responder, mas sua boca estava seca.

"Erla? Você pode voltar para casa comigo?" Dessa vez ela percebeu o tom de medo na voz dele. Isso, por si só, era estranho, porque se alguém deveria estar morrendo de medo ali, deveria ser ela, não ele.

Onde está Einar?, ela pensou. Por que ele não veio procurá-la também? Ela tentou não deixar sua imaginação fluir. Claro que ele estava bem. Claro. Eles devem ter se separado e vindo procurá-la separadamente. Talvez ele tivesse ido procurá-la no celeiro.

Só Deus sabe por quanto tempo ela dormiu. Cair no sono ali no carro havia sido de fato uma ideia muito ruim. Ainda estava nevando e o velho jipe enferrujado oferecia pouco abrigo, com o ar frio entrando sorrateiramente por todos os lados.

"Erla, por favor, saia do carro. Preciso conversar com você!" O homem forçou a maçaneta novamente, e por um momento ela temeu que a porta saísse inteira. Mas, por mais velho e enferrujado que fosse, não parecia que o jipe desmoronaria.

Ela olhou impotente ao redor do interior do veículo sombrio, então criou coragem para encarar Leó novamente. *O que você quer de mim?* Ela tentou transmitir a mensagem sem palavras. Não confiava em si mesma para falar.

Ele parecia assustado. Sim, não havia dúvida disso. No entanto, ao mesmo tempo, ele a assustava. Ambos morrendo de medo — essa era a receita para o desastre. Ele raspou a janela para que pudesse vê-la melhor e ela percebeu que ele não estava usando um casaco; como ela, ele deve ter saído pela nevasca sem parar para vestir suas roupas, e seu cabelo e suéter agora estavam cobertos de branco. Ele também devia estar congelando, mas uma energia desesperadora parecia estar o conduzindo. Erla precisava saber o que estava por trás disso, mas ao mesmo tempo temia a verdade.

No minuto seguinte, ele largou a maçaneta e deu a volta no carro o mais rápido que pôde. Ela tentou alcançar a tranca da porta do passageiro, mas foi prejudicada por estar tão fraca e enrijecida devido ao frio.

Ele chegou lá primeiro e escancarou a porta.

XXI

Nunca em sua vida Erla ficou tão petrificada.

Ela olhou para o homem, para o intruso que havia roubado seu Natal tranquilo... que havia aparecido com uma faca, que havia mentido para eles. Ninguém deveria ter sido capaz de chegar ali nessa época do ano; eles deveriam estar seguros, isolados, a quilômetros do povoado mais próximo.

Havia uma loucura intensa em seus olhos, mas por um momento nem ele nem Erla se mexeram. Tendo conseguido abrir a porta do carro, ele parecia não saber o que fazer a seguir. Erla se afastou quase que imperceptivelmente para longe dele. Ele permaneceu muito quieto, não mostrando sinais de estar prestes a entrar no carro. Ela começou a mover a mão em direção à fechadura do lado do motorista, mantendo, o tempo todo, o olhar fixo em Leó.

Então ele falou, sua voz rouca. "Preciso conversar com você, Erla. É urgente." Ela não abriu a boca, só olhou para ele e, após uma pausa, ele acrescentou algo, suas palavras eram quase inaudíveis por conta da fúria da tempestade, mas ela achou que eram. "Não vou te machucar, eu juro."

O sangue de Erla gelou com suas palavras. Reagindo instintivamente, ela abriu a porta do motorista e saiu do jipe.

Sem sequer olhar para trás, ela disparou em uma corrida desajeitada, mantendo o olhar fixo no ponto onde a casa deveria estar. Mas, novamente, ela se viu movendo-se em uma lentidão onírica; a neve estava ainda mais densa do que antes e ela estava quase sem enxergar por conta dos flocos.

Pelo menos, sabia intuitivamente para onde estava indo e subiu a ladeira que lhe era familiar, como já havia feito incontáveis vezes, nunca antes com tanta pressa e desespero, sua vida dependia disso. Ela foi tomada por uma sensação de que algo terrível havia acontecido e que ela estava em perigo real, apesar do homem ter garantido o contrário.

Não *vou* te machucar. Ela não ousou olhar em volta, não queria saber o quanto ele estava próximo dela. Não ousou reduzir seu ritmo frenético.

Enquanto caminhava pelos montes, ela gritou para o vazio, o mais alto que pôde, o nome de seu marido, embora soubesse que as ondas sonoras se dissipariam rapidamente entre os flocos de neve rodopiantes e seus gritos desesperados seriam sufocados pela forte tempestade.

Pior do que isso, ela teve um pressentimento horrível de que não havia ninguém ali para ouvir seu chamado. De que algo havia acontecido com Einar. Ela se recusou a acreditar nisso. Isso não poderia ser verdade.

Então onde *diabos* ele estava? Por que ela estava sozinha, fugindo de um perigoso intruso, na véspera de Natal, entre todos os dias?

"*Einar!*" Erla nunca teria acreditado ser capaz de gritar assim. O terror era claramente uma boa fonte de força.

Ela estava perigosamente gelada em suas roupas finas de ficar em casa, mas isso não importava agora. A única coisa que importava era chegar em casa antes de Leó e trancar a porta atrás dela.

Ela tinha que trancá-lo para fora e certificar-se de que todas as janelas também estivessem seguras. Então, ela poderia se portar como se nada tivesse acontecido, como se fosse apenas um dia comum.

Uma escuridão surgiu nos cantos de sua visão e começou a se fechar como em um túnel, mas ela lutou contra. Não desmaiaria; estava quase lá. Iria conseguir e ninguém a impediria.

Ela estava com medo de que, a qualquer minuto, Leó a alcançaria e ela sentiria a mão dele agarrando seu ombro, empurrando-a para a neve e... e então, o quê? Por mais difícil que fosse lutar para voltar para casa através dos montes, ele certamente deveria ser capaz de correr mais rápido do que ela. Então por que ele já não havia a alcançado?

Ela ansiava por olhar em volta e ver quanta vantagem tinha sobre ele, mas não conseguia se virar, apenas continuou.

Uma forma escura surgiu entre a brancura. A casa. Ela estava quase lá... quase lá.

XXII

Uma canção de Natal tocava ao fundo no rádio, mas havia silêncio na mesa de jantar.

Hulda, como sempre, a arrumara com sua elegância sazonal: uma toalha vermelha e pratos para combinar, as melhores taças de cristal. A bebida de malte na jarra de cristal e a *pièce de résistance*, o pernil, ficando cada vez mais frio a cada minuto que passava.

Hulda e sua mãe serviram-se, e a mulher mais velha ficou ocupada enchendo seu garfo com carne, molho e batatas caramelizadas. Hulda não tocou em sua comida.

Não havia sinal de Jón e Dimma.

"Ele deve trazê-la logo", Hulda murmurou, encarando seu prato sem realmente vê-lo, mais para ela própria do que para sua mãe.

"Hulda, querida..."

Hulda olhou para sua mãe. Depois de uma pausa para comer mais uma garfada de carne de porco, a mulher mais velha repetiu, ainda mastigando: "Hulda, querida, não sei como você costuma criá-la ou como você e Jón normalmente fazem as coisas, mas é vergonhosamente rude da parte de uma criança não se sentar à mesa do jantar de Natal. Eu ainda não a vi, e é véspera de Natal! Um comportamento desse nunca seria tolerado quando eu era mais jovem — e também nunca teríamos aceitado isso quando você era uma menina".

"Mamãe..."

Sua mãe tomou um gole da bebida de malte com laranja. "Devo ir até lá e tentar ter uma conversa com ela? Dimma e eu sempre fomos muito próximas." Ela sorriu um pouco presunçosamente.

Diferente de nós, Hulda quis retrucar. Mas tudo o que disse foi "Deixe isso com Jón", acrescentando: "Está tudo bem". Mas ela não acreditava mais nisso.

"Vocês dois devem estar passando muito tempo no trabalho, Hulda. Tenho certeza de que é isso. Jón está sempre exausto e seu trabalho na polícia exige tanto de você. Só acho que isso não está certo. Na minha opinião, você deve prestar mais atenção na pobre criança e encontrar uma maneira mais fácil de ganhar dinheiro. Por que não pega um emprego de meio período, das nove às doze, ou algo do tipo? Afinal, tenho a impressão de que Jón contribui com mais do que o suficiente para a família toda."

"Não se meta, mamãe", Hulda retrucou, levantando-se de sua cadeira e gritando pelo corredor. "Jón, Dimma, vocês estão vindo?"

"Bem, na minha opinião, isso é falta de disciplina. Algumas vezes você apenas tem que ser firme."

"Ser firme?"

"Sim, é o que acho."

"E quem você sugere que tenha que ser mais firme, hum?", Hulda perguntou com raiva. "Nós? Ou talvez você?"

Sua mãe ficou um pouco perturbada com esse ataque.

"Bem... não me leve a mal... Mas é meu direito como sua mãe ter interesse na educação de minha neta. Afinal, tenho um pouco de experiência na criação de filhos."

"Ah, você tem, não tem? Verdade?", Hulda deixou escapar com um veneno repentino, apenas para se arrepender logo em seguida.

Houve um silêncio chocante. Elas ouviram Jón chamando: "Venha, amor".

"O que você quer dizer com isso, Hulda? O que você está insinuando?" Sua mãe parecia estar à beira das lágrimas e Hulda fez um pedido exasperado por paciência.

Controlando seus nervos, ela disse rapidamente: "Não quis dizer nada com isso, mamãe. Desculpe. Só fico nervosa quando você começa a nos criticar. Sei que você só quer nosso bem, mas estamos passando por um período difícil com Dimma e estamos fazendo o nosso melhor. Realmente, você não ajuda quando interfere."

Isso foi recebido com um silêncio ofendido e Hulda sabia que sua mãe havia ouvido, por trás das palavras inócuas, um eco do abismo que se abrira entre elas ao longo dos anos; aquele abismo intransponível com qual Hulda havia aprendido a conviver, mas sua mãe, aparentemente, nunca havia conseguido.

Sua mãe abaixou os olhos para o prato e deu outra garfada na comida.

"Sabe, Hulda", ela disse depois de ter engolido, "que nós... eu tentei dar o meu melhor a você...". Ela vacilou e suas palavras se arrastaram, abafadas pelo coral do rádio cantando *Noite Feliz*.

Pouco depois disso, Jón apareceu, franzindo a testa e, a princípio, parecia que não iria dizer nada. Ele estava muito inclinado a se fechar em si próprio e recusar a se socializar.

Hulda olhou fixamente para ele, tentando obrigá-lo a contar o que estava acontecendo, pois era óbvio que Dimma não estava vindo se juntar a eles. Ela pensou sobre os presentes de Natal fechados embaixo da árvore lindamente decorada e previu um final miserável para o que deveria ter sido uma noite feliz. Como ela desejou que sua mãe houvesse entendido a dica e tivesse ido embora, mas sabia que isso não iria acontecer e dificilmente poderiam expulsá-la, bem naquele dia.

Foi sua mãe quem quebrou o silêncio tenso. "Qual o problema com a criança? Devo ir até lá e conversar com ela?"

Jón hesitou, então sentou-se à mesa.

"Obrigado por oferecer ajuda, mas não adiantaria." Ele derramou um pouco da bebida de malte da jarra de cristal em sua taça. "Ela não virá. Não quer."

"Por que não?" Novamente, era a mãe de Hulda quem não deixava para lá.

"Sinto muito, mas não faço ideia. Gostaria de saber o que fazer." Ele parecia estranhamente desanimado. "É um tipo de obstinação, um tipo de... bem, rebeldia adolescente, mas em um nível totalmente diferente. Suponho que seja... que seja... o peso da tradição que ela esteja rejeitando, ou algo do tipo — o Natal e todas as suas armadilhas. Não consigo explicar."

"Então você tem que tirar essas bobagens da cabeça dela", a mãe de Hulda disse, batendo na mesa para dar ênfase. "Mais disciplina, isso que é necessário."

"*Mamãe!*", Hulda gritou. "Quer calar a boca? Isso não tem nada a ver com você. Deixe isso comigo e Jón."

"Bem, então, suponho que prefira que eu vá para casa? No meio do jantar de Natal?", sua mãe retrucou. "Eu irei, se é isso que quer, Hulda — se você gentilmente me chamar um táxi."

Hulda teria feito qualquer coisa para concordar e chamar um táxi, mas se obrigou a dizer: "Claro que não! Não seja boba, mamãe. Vamos apenas desfrutar da comida. Vamos tentar ter uma noite agradável e abrir nossos presentes como sempre". Ela sentiu uma lágrima escorrendo pela bochecha. Virando a cabeça, ela a secou com o dorso da mão e tentou se recompor.

"Dimma irá superar isso", Jón finalmente disse, servindo-se de presunto.

"Ela não irá superar isso, Jón", Hulda respondeu bruscamente, esquecendo momentaneamente a presença de sua mãe. "Ela não irá. Quando o Natal acabar, precisamos conversar com um médico ou um psicólogo ou algo do tipo. Não vou ouvir mais nenhuma desculpa."

Envergonhado, Jón olhou primeiro para sua sogra, depois para Hulda. "Não acredito que irá resolver alguma coisa, mas agora não é o momento. Discutiremos isso mais tarde, amor."

XXIII

Erla agarrou a maçaneta da porta com as duas mãos. Graças a Deus, estava destrancada, como sempre, uma vez que não havia nada a temer naquele lugar remoto e pacífico...

Abrindo-a, ela quase se jogou para dentro, por cima da soleira da casa.

Sã e salva.

Tudo o que teria que fazer então era trancar a porta. Ela poderia fazer isso apertando o trinco antes de fechá-la. Teve que agir rapidamente. Mas isso significava virar-se e enfrentar o terrível desconhecido atrás dela.

Ela lançou um olhar por cima do ombro, mas Leó não estava em nenhum lugar por ali.

Teve que colocar toda a sua força de vontade em seus dedos brancos e entorpecidos para obedecerem, mas depois de um momento a fechadura clicou. Então, quando estava prestes a fechar a porta, ela o viu.

Ele estava vindo — ela conseguia ver sua silhueta através das camadas de neve —, mas ele estava mais longe do que havia esperado. Isso significava que ela tinha tempo para dar uma segunda olhada. Era estranho, mas não teve dúvidas: ele estava caminhando, não correndo. Embora parecesse estar se aproximando de maneira inexorável, não parecia ter pressa alguma.

A compreensão disso a dominou de pavor. Ela bateu a porta com toda sua força, testando-a para ver se estava trancada mesmo, então soltou um profundo suspiro de alívio, sentindo-se finalmente segura.

Por que diabos ele não estava com pressa?

O que ele sabia que ela não? Que Einar não viria para salvá-la?

Ainda ofegante, gritou o nome de Einar, então prendeu a respiração, tremendo com a reação, tentando desacelerar as batidas frenéticas de seu coração e pensar racionalmente.

As janelas — estavam todas fechadas, não estavam? Sim, deviam estar, com aquele tempo. E, de qualquer maneira, duvidou que Leó conseguisse se espremer por alguma delas, pois eram tão pequenas.

A porta dos fundos?

Ela correu pela sala de estar, pelo corredor escuro, os braços estendidos para evitar a colisão com as paredes.

Estava trancada.

Quase chorando de alívio, ela se encostou contra a parede, fechando os olhos brevemente. Agora que estava segura, se deu conta de quão fria estava, seu corpo inteiro arrepiado.

Ela gritou por seu esposo novamente. Não houve resposta.

Ela fez um balanço da situação: o telefone não estava funcionando, houve um corte de energia e, a cada segundo que se passava, Leó se aproximava mais.

Por que ele não podia apenas desaparecer? Por que ela não podia acordar? Obviamente, o pesadelo haveria de acabar logo.

Era difícil enxergar qualquer coisa dentro da casa agora que a nevasca apagara a última luz restante do dia, e ela sabia por experiência própria que poderia demorar dias para a energia ser restaurada. Será que teria que se esconder por todo esse tempo, até que Leó desistisse e fosse embora? E onde, oh, onde estava Einar?

"*Einar!*", ela gritou novamente, "*Einar!*", tão alto que sabia que seu grito iria espalhar-se por toda a casa, quebrando o silêncio sinistro, perfurando a escuridão. Ela esperou, aguçando os ouvidos por uma resposta.

"*Einar!*", ela berrou novamente.

Ela deslizou pela parede até sentar-se no chão, no final do corredor, onde a escuridão era absoluta. Não havia janelas por perto; ali ela poderia sentar-se em um canto, segura de que ninguém se esgueiraria por detrás dela. Ela estava fraca de cansaço.

Não havia som.

Seus pensamentos voaram até Anna novamente. Lá estava seu antigo quarto, a porta fechada como de costume. Ao contrário do sótão, nunca foi alugado para nenhum viajante. O quarto de Anna havia sido deixado intacto. Havia sido seu refúgio particular, até que ela foi para o internato. Mais tarde, ela havia voltado para o campo, não para seu antigo quarto, mas para a fazenda vizinha. Erla ficou tão feliz por ter sua filha de volta, mesmo que a caminhada entre as duas casas fosse um pouco longa.

Ela não conseguia ver por nenhuma janela de onde estava sentada, mas conseguia ouvir os rugidos e assobios do vento e sentir a furiosa tempestade lá fora, golpeando a casa. Einar sempre achou um clima assim estimulante e costumava comentar como era aconchegante escutar o barulho do vendaval, sabendo que estavam seguros dentro de casa, sendo capazes de assistirem à batalha das intempéries do conforto de seu lar. Mas ele era um filho da natureza e pertencia àquele lugar selvagem e desolado. Ela supôs que essa era a principal diferença entre eles.

Onde, em nome de Deus, ele *estava*? Ela deveria chamá-lo novamente? Talvez ele não conseguisse escutá-la, pois havia ido ver se ela estava escondida no celeiro.

Ela não conseguiu juntar coragem para quebrar o silêncio novamente. A cada segundo que passava, as chances de que Leó tivesse desistido e ido embora, deixando-a em paz, aumentavam.

Maldito corte de energia. Como podiam ser tão azarados? Mas o que mais poderia esperar? Isso acontecia muito frequentemente no inverno, geralmente em uma tempestade como essa.

Claro que não poderiam tolerar isso, mas tinham pouca influência, e reparar as linhas de energia para restaurar a eletricidade de um par de fazendas como a deles nunca era uma prioridade. Anna devia estar sem energia também; tinha que estar. Ela odiava a ideia de sua filha sentada sozinha no escuro.

E havia o problema com o telefone. Que era peculiar. O telefone normalmente funcionava, acontecesse o que fosse. Einar estaria certo de suspeitar que Leó havia o adulterado?

Seu tremor diminuiu um pouco, mas suas roupas estavam molhadas e úmidas de neve derretida, e seu medo paralisante não mostrava sinais de mudança.

Ela ficou ali, sentada na casa silenciosa, tentando ignorar o barulho do vendaval lá fora, ouvindo se Leó havia chegado à porta e tentava entrar.

Oh, Deus, oh, Deus... Se ele entrasse, ela seria capaz de localizá-lo a tempo, na escuridão que se aproximava? Não tinha certeza.

O instinto lhe disse para ficar quieta no canto e esperar até que tudo tivesse acabado.

Fechou os olhos novamente, o que não era a coisa mais sensata a se fazer dadas as circunstâncias, mas ela simplesmente teria que tentar se concentrar em outra coisa, a fim de manter seu pânico crescente sob controle. Ela se forçou a pensar em Anna e Einar. Imaginou que era véspera de Natal e os três estavam juntos ali: ela, Einar e Anna. Mais ninguém. E que finalmente abriram seus presentes.

Ela esperou e esperou, quanto tempo não sabia, orando para que seu desejo se tornasse realidade, mas nada aconteceu.

O desejo tornou-se demais para ela. *"Einar!"* Ela gritou e aguardou a resposta. Não houve nenhuma além do uivo do vento. *"Einar! Onde você está?"*

Ela se levantou. Não adiantou muito; teria que procurar por ele, começando por dentro de casa. Ela não ousou se arriscar a sair, não ainda. Queria deixar a tempestade se acalmar e dar tempo para Leó desistir e ir embora uma vez que se percebesse trancado para fora da casa. Mas sua mente continuou apresentando-lhe imagens horríveis. Einar poderia estar lá fora, caído na neve, ferido. E ela tinha sido covarde demais para procurá-lo. Talvez... Mas com o clima assim e Leó à espreita, seria uma loucura aventurar-se lá fora. Ela continuou no canto, paralisada de medo e indecisão, até que finalmente, lentamente, deu um passo à frente.

Foi aí que ouviu a batida.

O som parecia reverberar pela casa, abafando as rajadas de vento, como se a tempestade tivesse subitamente diminuído, tão forte foi o efeito sobre ela.

Seu pesadelo estava se tornando realidade.

Ou ela poderia ter ouvido mal? Era tão difícil dizer o que era imaginário e o que era real.

Embora seus olhos estivessem se acostumando à escuridão, ela colocou a mão na parede para se firmar e tateou o caminho pelo corredor. Ela tinha que se aproximar da porta da frente para ser capaz de ouvir apropriadamente. Queria desesperadamente que fosse Einar lá fora.

Sua alma quase saiu do corpo quando as batidas recomeçaram. Uma série de golpes pesados. Para Erla, a mensagem era clara: *Você não está segura em lugar algum.*

Ela ficou parada, e o tempo parecia ter parado junto com ela.

Uma sucessão de pensamentos totalmente inconsequentes passou por sua cabeça. Tanta coisa acontecendo na véspera de Natal. Nenhum *hangikjöt* sobre a mesa, nenhuma canção de Natal no rádio, nenhum presente. Normalmente, o que ela mais esperava era abrir o pacote contendo seu novo romance e lê-lo até tarde da noite à luz de velas. O pensamento a animou brevemente e ela quase, por um momento, conseguiu esquecer o quão remoto esse sonho era, mesmo estando em sua própria casa, onde sempre estivera segura, até agora.

Mas nada mais poderia ser dado como certo e em algum nível ela sabia que, depois disso, nada seria igual novamente. A única pergunta então era como este fim de tarde, esta noite, terminaria.

Mais batidas pesadas na porta. Ela se aproximou dela, como se estivesse em transe; ciente do perigo, mas incapaz de impedi-lo.

Esticou a cabeça para o canto do hall e seu coração deu uma guinada tão doentia que ela se esqueceu de respirar quando viu a sombra de um rosto pressionado contra o vidro colorido da janela ao lado da porta da frente.

Ela recuou tão rápido que quase caiu para trás.

Era ele, aquele bastardo; era ele.

Mas claro que era ele; ela já sabia disso. Quem mais poderia ser? E ainda assim estava esperando, contra seu bom senso, que fosse Einar. Que Leó tivesse ido embora.

Não havia como se confundir, mesmo que o vidro colorido borrasse seu contorno; tinha certeza de que era Leó.

"Sei que você está aí dentro, Erla, sei que está." Por fim ele falou — ou talvez ela apenas não tivesse sido capaz de escutá-lo até agora.

"A porta estava destrancada antes e agora você a trancou, então eu sei que você está aí!", ele gritou. "Deixe-me entrar — precisamos conversar. Há... algo aconteceu..." Ele se interrompeu e depois retomou: "Preciso saber...".

Não, ela pensou, *eu* preciso saber — preciso saber onde Einar está.

Mas ela não queria responder. Se o fizesse, apenas confirmaria que estava lá dentro, dentro da casa. E, pelo que sabia, ele era perfeitamente capaz de quebrar o painel de vidro e estender a mão para destrancar a porta.

Ele começou a bater ruidosamente de novo, primeiro na porta, depois na janela.

Preparando-se, ela deu um passo para o hall, sentindo seu coração batendo forte no peito. Estava em território desconhecido. Tinha que responder. Parecia que estava tendo uma experiência fora do corpo, como se outra pessoa estivesse tomando a decisão por ela.

"O que você quer de mim?", ela perguntou com uma voz alta e fina. "O que quer? Essa é *minha* casa. Não tenho que deixá-lo entrar."

"Você vai me deixar morrer de frio aqui fora?"

"Isso... isso... não tem nada a ver comigo", ela estremeceu, sentindo sua coragem se esvaindo.

Ele bateu na porta com tanta violência que Erla estremeceu.

"Você tem que me deixar entrar, Erla."

"Você não pode me dizer o que fazer."

Houve silêncio.

"Onde está Einar?", ela gritou.

Sem resposta.

"Abro a porta se você me disser onde está Einar", ela disse por fim, embora não tivesse intenção de manter sua parte do acordo. Não se importava, o bastardo poderia congelar até morrer em sua porta. Ela não o deixaria se aproximar dela.

A resposta demorou tanto para chegar que ela começou a se perguntar se ele ainda estava lá fora. Ela sentiu uma louca esperança de que ele tivesse ido embora, não importava para onde. Partido para nunca mais voltar. Ou que ele não tivesse sido nada mais que uma invenção de sua imaginação durante esse tempo todo...

Como se a situação já não fosse ruim o suficiente, a escuridão realmente a deixou assustada. Normalmente, cortes de energia não tinham esse efeito sobre ela, mas agora ela não conseguia suportar; tinha que encontrar uma vela. Sim, era isso... Havia velas na mesa de jantar. Mas, quando se virou, ouviu a voz dele novamente.

"Eu lhe direi onde ele está se abrir a porta."
Um arrepio de medo percorreu sua espinha.
Ela tentou descobrir o que ele queria dizer. Ele sabia onde Einar estava? Ou estava mentindo? Leó havia feito algo com ele — havia o trancado em algum lugar, talvez? Ou Einar estava lá fora, ainda procurando por ela, no frio e na neve?

Fatos e conjecturas giraram em sua cabeça até que se sentiu tonta, não tinha mais certeza do que era verdade, desorientada na escuridão, aterrorizada com o homem que estava do lado de fora da porta, com a súbita calmaria, a calma antes da tempestade...

Então, sua cabeça clareou um pouco. Ela começou a avançar para a sala de estar, agindo como se Leó não estivesse lá. Ela tinha que tomar o controle da situação. Claro que ele não estava indo para lugar nenhum. Mais cedo ou mais tarde, ele invadiria a casa. Não havia ninguém para ajudá-la; ela teria que se defender sozinha.

Sentindo a ponta da mesa de jantar, ela se atrapalhou um pouco até encontrar uma vela. Fósforos. Onde estavam os fósforos? Einar guardava alguns em seu bolso, um hábito de antigamente, de quando fumava. Mas ele não estava aqui. E, de qualquer modo, ele havia dado a caixa para Leó, não havia? Ela se lembrou agora.

Ela tinha que pensar rápido. Não havia som de Leó no momento e, novamente, esse fato a fez sentir calafrios. *Pense*, ela disse a si mesma. Ambas as portas estão definitivamente trancadas, o que significava que ele não conseguiria entrar sem fazer barulho.

Espere um minuto — ela não havia visto uma caixa de fósforos na cozinha? Sobre o refrigerador? Ela entrou na cozinha, estendeu a mão até a prateleira e tateou ao longo dela. Por um momento, ela sentiu medo de estar errada. Mas não, havia uma caixa. Apressadamente, ela tirou um fósforo de dentro e tentou acendê-lo, mas suas mãos estavam tremendo tanto que ele não acendia.

Erla tentou novamente, o fósforo riscou e se acendeu, e ela levantou cuidadosamente sua chama pequena e brilhante, tentando firmar sua mão na vela. Por fim, luz.

A visão despertou uma memória fugaz dos velhos tempos, quando Anna era pequena e o fornecimento de energia era ainda mais inconstante. As noites em família à luz de velas pareciam deliciosas naquela época. Na maioria das vezes, os três sentavam-se para jogar cartas juntos — uíste[5] era o favorito —, mas Einar nem sempre estava no clima, então mãe e filha costumavam jogar juntas sob o brilho suave. Era como a infância de Anna ha-

---

5 Jogo de cartas disputado em duplas considerado precursor do bridge. (N. do E.)

via sido, uma luta perpétua contra as intempéries, mas depois ela foi para a escola e Erla se agarrou à esperança de que Anna se libertaria dos grilhões do passado. O trabalho duro e incessante tinha que terminar. Erla estava determinada a fazer com que sua filha se estabelecesse em uma cidade, onde a vida poderia ser um pouco mais fácil. Mas depois Anna avisou, do nada, que estava se mudando para o campo, ainda solteira, ainda muito jovem, para assumir a fazenda vizinha que também pertencia a eles. Ninguém havia sonhado que alguém voltaria para cá, mas Anna queria renovar a casa e o terreno para evitar que caíssem em decadência. O lugar havia sido seu refúgio favorito quando criança e ela decidiu que era onde queria morar. Ela se preocuparia em encontrar um marido e começar uma família depois. "Irá acontecer quando tiver que acontecer", ela dizia.

Erla lembrava-se tão bem dessa conversa. Foi a primeira vez que ela realmente perdeu a paciência com sua filha. Ela a repreendeu pela sua decisão de voltar para casa e ficou furiosa consigo mesma por nunca ter dito nada a Einar, nunca ter sugerido com toda a seriedade que eles deveriam se mudar. A resposta de Anna a deixou atordoada. Ela se deu conta de que sua filha realmente queria viver lá, de que ela amava aquele distrito de verdade, os pântanos, as ovelhas, o clima, tudo aquilo. Assim como Einar. Filha de peixe, peixinho é... Enquanto ela não poderia ser mais diferente de sua filha. Nunca mais tocou no assunto com Anna.

Erla voltou à realidade e se viu ainda parada na cozinha, seus olhos fixos na chama bruxuleante.

Léo recomeçou a bater na porta. Obviamente, ele não iria desistir, mas parecia que não invadiria a casa — de qualquer maneira, ainda não. E ela não tinha nenhuma intenção de deixá-lo entrar.

Pelo menos, agora ela conseguia ver seus arredores. Ela levantou a vela e olhou em volta da cozinha, depois foi para a sala de estar. Não havia ninguém ali. Claro que não; ela teria notado se houvesse. E nada parecia ter sido mexido também; tudo estava no lugar, onde deveria estar... Mas não, isso não era verdade. Eles deveriam estar sentados na mesa de jantar, a família, comendo cordeiro defumado. Era *assim* que deveria ter sido.

Onde diabos Einar estava? Ele poderia estar lá em cima no sótão? Poderia estar caído, ferido durante uma briga com Leó? O pensamento a paralisou.

Ela estava ciente das batidas implacáveis na porta dos fundos, mas as ignorou. Tudo que podia pensar era em subir as escadas e descobrir se Einar estava lá. Mas suas pernas estavam pesadas e seu medo crescia a cada minuto.

Um passo de cada vez, com uma relutância terrível, ela subiu as escadas; o barulho que Leó estava fazendo chegava até ela como um eco de outro mundo.

Ela estava mais consciente de seu próprio batimento cardíaco crescendo em seus ouvidos do que de qualquer barulho exterior.

Assim que chegou ao topo da escada, viu que a porta para o quarto de hóspedes estava aberta. Imediatamente, seu sexto sentido a avisou que algo terrível havia acontecido ali e seu primeiro impulso foi fugir, escada abaixo, para fora da casa — qualquer coisa para evitar encarar a verdade.

Ela ficou imóvel, ciente de que o tempo estava se esgotando. Se Leó tivesse machucado Einar, ela tinha que saber. Precisava de tempo para reagir e elaborar um plano de fuga.

Ela deu os últimos passos em direção à porta, mantendo sua cabeça abaixada, não ousando olhar para dentro do quarto, ainda não. Então ela segurou a vela no alto para que iluminasse todo o ambiente, fechou os olhos, sentindo-se irromper em suor, e os abriu novamente.

O choque foi tão horrível que, por um momento, ela não conseguia se mexer, não conseguia pensar. Então, de dentro de seu subconsciente, um pensamento veio à tona: liberdade.

Ela estava finalmente livre.

Finalmente poderia deixar aquele lugar, se livrar do peso esmagador da solidão, mudar-se para uma comunidade maior, conhecer pessoas, fazer amigos, ver sua família com mais frequência; não ser mais uma prisioneira de sua própria casa por meses a fio...

Então a repulsa e a vergonha tomaram conta dela e ela ficou horrorizada com sua reação involuntária.

Ali no chão estava seu esposo, o amor de sua vida, mortalmente imóvel, cercado por uma mancha escura que se espalhava.

XXIV

Erla tentou gritar, mas sua garganta não produzia som algum. Com medo de vomitar, ela se agachou e respirou fundo, tremendo, fechando os olhos, tentando se firmar. Talvez ela estivesse vendo coisas; talvez não houvesse nada ali: nem corpo, nem sangue. Ela se obrigou a olhar para cima, começando a ter ânsia de vômito novamente com a visão.

No momento seguinte, o medo assumiu o controle quando caiu a ficha de que estava sozinha, *sozinha*, e que Leó devia ter assassinado Einar — não poderia haver outra explicação.

O homem que estava fora da casa, exigindo entrar, era um assassino de sangue frio.

Sua vida estava em perigo. Devia estar. Ela teve um impulso louco e repentino de sair pela janela do quarto, mas sabia que não daria certo. A janela era pequena, o telhado, íngreme, e ela estava fadada a ser arrastada pelo vento. Além disso, *ele* estava lá fora. Ela tinha que pensar rápido se quisesse sair dessa com vida. Sentindo um respingo molhado em sua mão, percebeu que estava chorando.

Não havia tempo para chorar por Einar — isso teria que esperar. Ela tinha que salvar sua própria vida. Mas o fluxo de lágrimas não seria contido.

Ela pressionou os dedos no pescoço do corpo imóvel para ter certeza de que Einar não estava mais respirando. Não, não restavam dúvidas: ele estava morto. O sangue havia lhe dito isso, mas tinha uma última esperança. Claro, de qualquer maneira era inútil, porque mesmo que ele ainda demonstrasse sinais fracos de vida, a ajuda estava impossivelmente longe e eles estavam completamente isolados do resto do mundo.

Erla endireitou-se, saiu apressada do quarto e desceu as escadas, segurando o candelabro, não querendo mergulhar na escuridão novamente. Seria apenas uma questão de tempo até que Leó invadisse a casa. Ela se perguntou por que ele ainda não havia feito isso. Ele queria ganhar sua confiança para se poupar de uma luta? Ele já havia matado um homem, então não havia razão para acreditar que ele a pouparia.

No entanto, o medo lhe deu uma explosão repentina de adrenalina e ela caminhou em direção à porta da frente com passos firmes. Não havia som vindo de fora, mas ela tinha que saber se ele ainda estava lá. "O que você quer de mim?", ela gritou, com a voz dura e inabalável.

Não houve resposta a princípio, o que ela achou enervante, então Leó respondeu, batendo os dentes de forma audível: "Por favor, deixe-me entrar. Por favor. Está tão frio aqui fora — ainda está nevando — e eu preciso conversar com você".

"Sobre o quê?"

"Você sabe o quê, Erla. Você sabe."

Seu coração disparou e, por um momento, as paredes pareciam estar se aproximando dela. Ela teve uma visão de que a neve havia desaparecido, era outono, e o frio se apoderou dela, enviando um arrepio pelo seu corpo. Ela se balançou.

"O que você quer de mim?", finalmente ela repetiu.

Antes que ele pudesse responder, ela havia saído, corrido do hall, tomando cuidado para não fazer barulho algum, determinada a enganar Leó fazendo-o pensar que ela não havia se mexido. Ela colocou a vela na mesa de centro, apagou-a e então correu pelo corredor até a cozinha para buscar as chaves extras que estavam penduradas no gancho da parede. Ela sabia exatamente onde colocar as mãos no escuro. Em seguida, voltou pela sala de estar, passando pelas escadas, pelos quartos, até a porta dos fundos, onde havia se sentado antes, desejando que pudesse acordar daquele pesadelo.

Sua mente estava trabalhando furiosamente. Não havia sentido em tentar escapar a pé e ir até a casa de Anna ou até o vilarejo além dela, não nessas condições. Ele facilmente a alcançaria e o pobre velho jipe, valente como era, não seria capaz de fazer nenhum progresso através dos densos montes de neve que bloqueavam a estrada.

Ela abriu a porta dos fundos com todo o cuidado, meio que esperando que Leó se materializasse lá fora, adivinhando que ela pudesse ter planejado escapar dessa maneira; com medo de esbarrar nele. Ela estava respirando rápido, mas, para seu grande alívio, não podia ver nenhum sinal dele perto da casa. Em vez disso, ela foi derrubada por uma rajada violenta de neve congelante que também entrou para dentro da casa. A ferocidade da tempestade era incrível. Não era de admirar que a eletricidade tivesse acabado. Em um clima como esse, algo teria que ceder.

Ela puxou silenciosamente a porta atrás dela, certificando-se de que estava fechada.

Sem volta agora.

Erla espiou ao redor, apertando os olhos contra a nevasca, mal conseguindo ver alguma coisa, mas quase certa de que Leó não estava por perto. Ele ainda devia estar na porta da frente, implorando-lhe para deixá-lo entrar, conversando com ela na crença de que ela estava ouvindo lá de dentro. Ela correu até as escadas que levavam para o porão embaixo da casa. Ela poderia esperar lá. Não havia janelas, a porta era grossa e forte e havia todo tipo de ferramentas e outros implementos que ela poderia usar em legítima defesa, se fosse o caso, e — mais importante que tudo — havia uma grande quantidade de latas e comidas perecíveis, como batatas.

Ela desceu cautelosamente os degraus até a porta do porão. A última coisa que queria era escorregar e se machucar. Ela tentou bloquear essas imagens de sua mente.

Então, teve que encontrar a chave correta pelo tato; desajeitada, tateando no escuro, pronta para chorar de frustração. Ela deu uma outra olhada antes de virar a chave dentro da fechadura, mas, graças a Deus, não havia ninguém atrás dela.

Como sempre, foi necessário dar um pequeno empurrão para abrir a porta. Somente quando a porta cedeu, voltando para a escuridão total, ela se deu conta de que, em sua fuga histérica, havia se esquecido de trazer velas ou fósforos.

Inferno.

Ela tentou ponderar as alternativas, ciente de que não havia tempo a perder. Desperdiçar minutos preciosos voltando para a casa ou esperar ali na escuridão. Nenhuma alternativa era boa. Desesperadamente, ela tentou pensar direito. Ela não podia esperar que Leó permanecesse desavisado por muito mais tempo na porta da frente. A qualquer momento, ele viria atrás de outra entrada. Não, não valia o risco. Respirando fundo, entrou no porão e fechou a porta atrás de si.

XXV

Esta nova situação era diferente de tudo o que Erla já havia vivenciado antes. Ela ficou lá, agarrada à maçaneta da porta como se fosse uma tábua da salvação, não ousando se movimentar, totalmente cega no porão escuro.

Claro, ela sabia que estaria escuro, mas uma coisa é saber, outra é vivenciar. Ela estava com medo de ficar desorientada no momento em que soltasse a maçaneta. Enquanto estivesse segurando-a, poderia pelo menos ter certeza de que conseguiria sair.

Quando criança, Erla tinha medo do escuro, mas agora, adulta, pensou que tinha superado isso. Porém, o pavor irracional despertou dentro dela novamente; o medo do que estava à espreita nas sombras. Por um momento, até teve a ideia insana de que Leó pudesse estar lá embaixo também; de que ele tivesse conseguido uma chave de algum jeito e estava esperando por ela. Ela começou a choramingar.

No minuto seguinte, o bom senso entrou em ação. Não havia como ele estar ali embaixo. Isso era impossível. Ele teria que se mover incrivelmente rápido para chegar lá antes dela, e não havia pegadas na neve pelo caminho — a menos que houvesse e ela não tivesse notado? Ela se obrigou a respirar fundo e mandar esses pensamentos embora. Claro que estava sozinha ali embaixo. Não deveria se permitir ficar histérica.

Gradualmente, notou como o ar estava seco e abafado naquele lugar fechado e sem janelas e se perguntou se isso não teria sido um terrível erro. A claustrofobia começou a dar as caras. Erla sempre teve que treinar sua mente para não remoer a sensação de estar presa no inverno quando a fazenda estava coberta de neve, mas agora a sensação de pânico aumentou e ela estava prestes a chorar. Estava congelando ali embaixo também. Não seria capaz de sobreviver por muito tempo nessa temperatura, por mais comida enlatada que houvesse.

Seus dedos estavam dormentes e com câimbras de ficar segurando a maçaneta da porta na tentativa de controlar seu medo. Contanto que soubesse onde a porta estava, se tranquilizou que poderia sair novamente a qualquer momento que quisesse. O que a aterrorizava mais do que qualquer outra coisa era o pensamento de ficar confusa e perdida no porão sem luz.

Mas esses medos eram tolos, lembrou a si mesma, enquanto Leó ainda estivesse lá fora, procurando por ela. Ele era a verdadeira ameaça. Ela deveria se apegar a esse pensamento. O que faria se ele batesse na porta? Se ele tentasse arrombá-la? Ela se perguntou por quanto tempo estava preparada para esperar lá embaixo. Até ele partir, supôs. Mas para onde ele iria? Ele também era um prisioneiro da neve.

Quanto mais ela pensava sobre isso, mais inevitável o resultado parecia: mais cedo ou mais tarde, ela teria que enfrentar Leó.

Ela faria tudo o que estivesse a seu alcance para evitar isso.

XXVI

Erla estava sentada em posição fetal, com as costas pressionadas contra a porta, braços envolvendo os joelhos em uma tentativa inútil de se manter aquecida enquanto olhava para o vazio da escuridão. Estava perdendo a noção de há quanto tempo estava lá. Era como se o próprio tempo tivesse se perdido no escuro.

Ela não conseguia mais ouvir o vento. Talvez a tempestade estivesse diminuindo. Tudo o que sabia era que estava segura por enquanto. Estava sozinha ali embaixo, Leó não estava por perto e não sabia onde ela estava. A menos, é claro, que ele tenha visto suas pegadas da porta dos fundos em direção aos degraus do porão, mas com sorte elas foram borradas pela tempestade de neve.

Quando tomou a decisão precipitada de se refugiar no porão, ela havia considerado as latas estocadas lá embaixo, mas agora se deu conta de que nem havia pensado em trazer um abridor de latas com ela. Lá se ia uma solução a longo prazo. Mais cedo ou mais tarde, ela teria que sair de lá e confrontar não somente Leó, mas a morte de seu esposo; o conhecimento de que ele estava caído na poça de seu próprio sangue no sótão.

O pensamento veio a ela como um vago eco de algo perturbador, horrível. Mas ela se sentiu estranhamente desapegada. Parecia tão irreal. Sua cabeça não conseguia compreender.

Leó havia matado Einar?

Ela realmente havia visto seu corpo?

Ela lembrava tão bem do primeiro encontro deles. Estava com dezenove anos, não passava de uma criança, mas seu futuro foi decidido ali. Ele fora um rapaz tão bonito — ainda era, para ser justa, embora de um jeito diferente. Um menino do interior, encantadoramente inocente e educado na cidade. Ela se apaixonou perdidamente por ele naquela primeira noite, no baile do famoso Hotel Borg, em Reykjavik. Eles haviam passado a noite inteira dançando um com o outro, enquanto ele contava sobre a vida no campo, pintando uma imagem sedutora dos pântanos e das montanhas, dos pássaros e das ovelhas, e naqueles dias ela ainda tinha um lado romântico, embora houvesse desaparecido há muito tempo. Mesmo aos vinte anos de idade, ele falou seriamente sobre a importância de manter a fazenda remota funcionando, sobre seu senso de dever para com a terra. Ela ouvira encantada e imediatamente começou a imaginar como seria viver lá.

Era estranho lembrar de como ela se entusiasmou com a ideia de se mudar para o campo. Supôs que havia sido, em parte, devido a um desejo juvenil de rebeldia, de fazer algo que chocasse seus pais.

Eles haviam feito objeções. Não que desaprovassem Einar; isso teria sido impensável, já que ele era um jovem tão simpático. Eles ficaram impressionados com sua boa educação e sua cultura. Seus pais certamente apreciaram isso. Mas continuaram insistindo com os dois, perguntando repetidamente para Einar se ele não gostaria de ver como era viver na cidade para variar. Tentar algo diferente. Embora Erla soubesse, desde o primeiro momento, que ele já tinha se decidido e ela não havia feito nenhuma tentativa de convencê-lo a mudar de ideia. Por mais irônico que parecesse agora, ela realmente estava ansiosa para se mudar para a fazenda.

Desde então, ela desenvolveu uma relação de amor e ódio com o lugar. Por mais desesperada que estivesse para fugir, não poderia deixar Einar e Anna para trás. Todos eles eram unidos por laços inquebráveis. E ela havia se apegado a esse lugar solitário também; sem querer, havia criado raízes ali. Algumas coisas não poderiam ser mudadas. Talvez a verdade fosse que ela nunca iria embora. Na verdade, há muito tempo tinha se resignado a esse fato, mesmo sofrendo tormentos de solidão.

Este era o lar deles; dela, de Einar e de Anna. Ali era o lugar de sua família. Não havia como superar esse fato.

Ela fechou os olhos. Dessa maneira, poderia bloquear a escuridão e deixar as cenas rolarem vividamente em sua mente.

Seus pensamentos vagaram. A névoa se instalou novamente, tornando tão difícil distinguir o que era real do que era imaginário. Deus, ela odiava o inverno. Por que uma nevasca tinha que surgir bem na véspera de Natal? Anna devia estar presa em casa. A menos que Leó tivesse lhe machucado. O pensamento era tão insuportável que Erla fez o melhor que pôde para afastá-lo. Ela tinha que acreditar que Anna estava sã e salva em casa. Era triste pensar nela sozinha, mas ela sempre foi tão independente e autocontida, como seu pai. Erla esperava que ela pelo menos tivesse feito uma boa refeição. Uma tempestade como essa poderia durar vários dias.

Erla teria apenas que esperar até que Anna conseguisse chegar à fazenda. O cordeiro defumado poderia esperar. Não precisava ter pressa.

Ela definitivamente comprara o presente de Anna, não comprara? E o embrulhara? O presente de Einar estava na sala de estar, tinha certeza disso. Seu livro. E seu romance de sempre, seu presente de Einar, claro; mal podia esperar para colocar as mãos nele.

Se ao menos tivesse um livro para ler agora — e, claro, um pouco de luz —, as coisas não pareceriam tão sombrias. Ela não precisava de mais nada, somente escapar por um tempo, fugir dessa realidade sombria para um mundo de ficção. Amanhã era dia vinte e cinco. Então ela teria tempo para ler, embora naturalmente fosse dar uma espiada em seu livro à noite, como sempre fazia.

Ela estava tão terrivelmente gelada. Não conseguia parar de tremer, de bater os dentes. Era tolice continuar sentada assim. Deveria andar para se manter aquecida. E, ainda assim, ela continuou parada de tanto medo de abrir mão de seu contato com a porta, o único ponto fixo no mundo sem luz. Ela manteve seus olhos bem fechados, mas o silêncio era ameaçador. Tinha que se concentrar em algo positivo. Novamente, ela levou seus pensamentos de volta para aqueles primeiros anos ao lado de Einar. Ela foi cativada na primeira vez que olhou para esse lugar, pensando: *Quero viver aqui pelo resto da minha vida.*

Os pais dele a receberam de braços abertos. E ela imediatamente sentiu-se em casa, aceita como parte da família, participando de todos os afazeres, aprendendo sobre a fazenda, sobre os animais, desfrutando da proximidade com a natureza. Então o inverno chegou, aquele primeiro inverno, e ela teve o gostinho da claustrofobia sufocante que mais tarde viria a dominar sua existência, embora tivesse tentado ignorá-lo. Ela aprendeu a se distrair mantendo-se ocupada, refugiando-se nos livros e em Einar, que conhecia a terra, conhecia o clima, sabia como confortá-la e tranquilizá-la de que tudo ficaria bem. Ele sempre cuidou dela, todos esses anos — décadas agora. Claro, ela nunca poderia deixá-lo, abandoná-lo ao Deus dará.

Então, no ano seguinte, Anna chegou. Apesar de não planejar ter filhos imediatamente, foi uma boa surpresa e a garotinha imediatamente se tornou o foco da existência de seus pais e avós. Para começar, Erla os imaginara vivendo lá sempre, mas depois ela ficou cada vez mais determinada a afastar Anna da fazenda, ajudá-la a se estabelecer em outro lugar. Nisso, infelizmente, ela havia falhado.

Erla sentiu que estava ficando sonolenta, mas sabia que não podia adormecer, não ali, no frio congelante. Ela poderia nunca mais acordar. Ela estava cochilando? Estava confusa e abriu os olhos, mas não houve mudança, apenas uma escuridão muito pior, quase tangível. Isso não daria certo. Ela não conseguia sentir os dedos das mãos e dos pés. Levantou-se e decidiu que deveria caminhar pelo porão para manter a circulação funcionando e evitar divagar, acima de tudo, para se manter acordada. Ela deu alguns passos cautelosos mantendo uma mão na parede, não ousando aventurar-se muito longe da porta.

Tinha a sensação de estar esperando por Einar. Mas não sabia por quê. Ele realmente poderia ter dito a ela para esperar lá embaixo? No porão escuro?

Ela deu mais alguns passos hesitantes e, no minuto seguinte, algo macio roçou em seu rosto e ela gritou, levantando suas mãos para lutar, sentindo algo se movendo, balançando contra ela. Por um momento, ela tinha certeza de que estava vivo e gritou novamente, apenas para perceber um pouco depois que devia ser a cinta com o lagópode que Einar caçou na semana passada e pendurou ali embaixo no porão. Mas, naquele momento, ela não tinha mais certeza de onde a porta estava, não conseguia sentir mais a parede, estava completamente desorientada, não sabia dizer há quanto tempo estava lá embaixo, não conseguia respirar. Estava perdida no escuro, trancafiada, uma prisioneira... Ficou parada por um momento, lutando contra a histeria, depois começou a se mover novamente, muito rápido, apenas para bater a cabeça contra um objeto despercebido. A dor era agonizante. Ela envolveu o crânio com as mãos e sentiu, ou pensou ter sentido, escorrer sangue da ferida. Caramba.

Ela se agachou no chão, fechando os olhos novamente, emitindo um gemido baixo. O mundo começou a girar. Não conseguia controlar seus pensamentos. O que em nome de Deus ela estava fazendo ali embaixo?

Onde estava Einar?

Por que ele não veio?

E onde Anna estava?

Erla lutou para pensar no que fazer. Deveria sair e procurar por seu marido? Ele devia estar em casa, na sala de estar. Ou, talvez, no celeiro. Talvez fosse hora de alimentar os animais. Ele sabia que ela estava no porão? Ela se trancou lá dentro ou poderia sair se quisesse? Estava se sentindo tão confusa que se perguntou vagamente se poderia ter sofrido uma concussão.

Melhor ficar onde estava por enquanto. Manter seus olhos fechados, respirar fundo e devagar e imaginar estar em outro lugar.

Mas de uma coisa tinha certeza: era véspera de Natal.

Então, ela ouviu música. Ou pensou ter ouvido. Sim, certamente eram canções de Natal. O coral da igreja cantando músicas de Natal no rádio. As notas doces de *Noite Feliz* — ela conseguia ouvi-las altas e claras.

Quando abriu os olhos, a música foi abruptamente interrompida e a escuridão, a escuridão gritante, fechou-se sobre ela. O mundo começou a girar novamente e ela se sentiu enjoada. Estava perdendo o controle, perdendo o equilíbrio, sufocando no porão sem ar.

Oh, Deus, onde está Einar?, ela pensou. Ele devia estar chegando logo, para abrir a porta e deixá-la sair para o ar puro.

Não havia nada a temer.

Ela esperou por um tempo, tremendo, agachada ali naquele limbo estranho e sem luz. Não sabia por quanto tempo. Então, levantou-se, cautelosamente, para evitar bater a cabeça de novo, sua respiração rápida e ofegante, sua mente com um único pensamento: tinha que sair. Ela começou a se mover rápido, desajeitada, confusa, então desacelerou, mas ainda conseguiu bater em alguma coisa. Estava perdida em um labirinto retangular.

Ela estendeu os braços em sua frente, tateando pela saída. O que era aquilo? Uma prateleira. E aquilo era um tipo de ferramenta, sim. Concentre-se. Isso significa que a porta está do outro lado. Ela tinha que sair, tinha que respirar o ar puro, acontecesse o que fosse. Tateou cautelosamente o caminho pela parede, sabendo que assim encontraria a porta.

Erla desejou que a música voltasse. Não conseguia entender como pôde ouvir as canções de Natal tão claramente, não conseguia entender mais nada. Tudo o que sabia era que tinha que sair de lá. *Noite Feliz* era uma canção de Natal tão linda; sempre foi uma de suas favoritas. Ficou parada, fechou os olhos, e lá estava ela novamente, a canção. Sorriu, embora não conseguisse entender o que estava acontecendo. Certamente, o coral da igreja cantou horas atrás? Já devia ser noite.

Como ansiava pela manhã seguinte. Depois dessa terrível experiência, ela iria pegar leve, colocaria os pés para cima e leria os livros que ainda estavam embrulhados embaixo da árvore de Natal. Havia o cordeiro também, ele ainda estava lá, e um pouco de bebida de malte para tomar e uma caixa cheia de chocolates. Ela sorriu novamente com a ideia e sentiu-se mais calma. Depois de um momento, começou a se mover mais devagar, hesitante, as pontas dos dedos dormentes roçando a parede, sabendo que a qualquer minuto sentiria a porta.

Então uma voz masculina gritou: "Você está aí dentro?". As palavras foram de encontro aos seus pensamentos, chocantes, altas e reais, seguidas de um chocalho quando alguém agarrou a maçaneta da porta. Alguém queria entrar, mas agora ela se lembrou de que havia trancado a porta por dentro.

Einar. Finalmente havia vindo atrás dela.

Ela deu mais alguns passos, sentiu a madeira sob as pontas dos dedos, agarrou a maçaneta e girou a chave.

Abriu a porta.

XXVII

Dia de Natal.
Normalmente, esse era um dos dias favoritos de Hulda. Depois de todo o estresse da véspera para deixar a casa limpa e o jantar pronto, dia vinte e cinco era o dia de relaxar, de ficar tranquila e absorta nos livros que ganhara, especialmente desde que Dimma tinha crescido o suficiente para se divertir. Até Jón tirava uma folga do trabalho e descansava em frente à TV ou lendo o jornal.
O dia vinte e cinco era sagrado; eles nunca saíam de casa e evitavam qualquer contato social — não que recebessem muitos convites. Jón era filho único. Os pais dele, que o tiveram tarde, não estavam mais vivos e eles não possuíam muitos parentes. Então eram apenas os três em sua pequena família. Eles sempre cuidaram uns dos outros e Hulda sentia que era seu papel cuidar de Jón e Dimma. Mas, neste ano, nada foi como deveria ser e ela não sabia por quê. Era como se a família estivesse se desintegrando, como se Dimma estivesse separando Jón e ela. Claro, o mundo não fica parado, ela sabia disso; as coisas mudam. Mas essas não eram mudanças comuns. Não havia nenhuma explicação óbvia para o estranho comportamento de Dimma.
Hulda estava quase contando os minutos para o feriado acabar para que pudesse ligar para um psicólogo. Devia haver algum tipo de serviço de emergência disponível, mas, após sua conversa com Jón, decidiu não ir atrás disso. Não, a família

teria que tapar o sol com a peneira até que o Natal terminasse.

Não ajudou o fato de Hulda estar de plantão naquele dia. Embora fosse raro algo sério acontecer no dia vinte e cinco, alguém precisava estar disponível no DIC. Mas ela não conseguia se concentrar no trabalho. Seus pensamentos estavam totalmente focados no problema de Dimma. Ela não vira sua filha por aproximadamente vinte e quatro horas. A menina não saiu do quarto durante a véspera de Natal, exceto para ir ao banheiro, apesar de todas as tentativas de pressioná-la a se juntar a eles. Hulda não estava preocupada com ela estar com fome, pois Jón havia levado uma bandeja com comida para o quarto dela. Além disso, Dimma era perfeitamente capaz de se alimentar sozinha, saía sorrateiramente para pegar alguma coisa na geladeira quando ninguém mais estava por perto. Adolescentes sempre estão com fome.

Hulda não costumava ir para casa ao meio-dia, mas desta vez faria uma exceção. Seu turno deveria durar o dia todo, mas ela fez uma longa pausa para o almoço esperando que nada aparecesse na delegacia enquanto estivesse fora. Se o pior acontecesse, sempre podiam ligar para a sua casa. De qualquer forma, ela não conseguiu fazer nada naquela manhã. O escritório estava quase vazio e um pouco assustador no turno mais solitário do ano.

Hulda não esqueceu que devia um telefonema ao casal de Gardabær, mas não gostaria de ligar para eles na manhã de Natal. Ela supunha que tudo o que queriam saber era o mesmo que semanas atrás: perguntar sobre a investigação. Mas, infelizmente, não havia nada para dizer e as chances de a filha deles ser encontrada com vida depois de todo esse tempo eram muito pequenas. Por outro lado, talvez ela tenha fugido deliberadamente, desejando dar um tempo dos pais. Surgiu durante o inquérito a informação de que ela havia decidido tirar um ano de folga entre a escola e a universidade para viajar pela Islândia e que seus pais ouviam falar dela apenas uma vez ou outra desde que partira. Era concebível que, lá no fundo, algo estivesse acontecendo em casa e não quisessem admitir. E, claro, viajar sozinha pelo país era arriscado. Não era impossível que a menina tivesse saído para uma caminhada ou até ido escalar as montanhas por conta própria. A Islândia podia ser um ambiente inóspito e perigoso a qualquer momento do ano, como bem sabia uma montanhista experiente como Hulda. No entanto, apesar dos perigos, ela sempre se sentiu mais em paz consigo mesma no interior selvagem.

 Ela pegou os arquivos do caso novamente, já que não tinha nada melhor para fazer, e ficou olhando a foto da garota. Ela era bonita, com longos cabelos ruivos e olhar pungente. Hulda às vezes se perguntava — contra seu bom senso, claro — se ela poderia conseguir tirar alguma pista daquele olhar insondável. Ali estava uma garota que havia feito uma viagem de autodescoberta, longe dos amigos e família, apenas para sumir sem deixar vestígios.

 Então, de repente, era o olhar de Dimma que ela estava vendo. Costumava ser tão brilhante e inocente, mas, desde que entrou na adolescência, seus olhos azuis estavam sombreados de tristeza.

Hulda estava distraída demais para se concentrar. Seus pensamentos continuavam retornando à situação de casa, sentindo a dor de Dimma, incapaz de entender como Jón podia estar tão tranquilo com tudo. Ela sabia que ele pretendia descansar um pouco mais na cama, então prometera a si própria não ligar tão cedo. Mas eram quase onze da manhã e não havia motivo para pensar que ele ainda estivesse dormindo. Não era um luxo a que ele normalmente se permitia, viciado em trabalho do jeito que era. Ela pegou o telefone para ligar e então, abruptamente mudando de ideia, levantou-se. Em vez disso, ela faria sua pausa para o almoço mais cedo.

O ar estava gelado lá fora, mas a neve que caíra no dia da missa de São Torlaco havia sido limpa e o chão estava descoberto, fazendo parecer mais outono do que inverno. Isso era bom, já que havia poucos limpa-neves em dias santos e feriados e, embora seu Skoda fosse confiável, ela não confiava na neve pesada. Normalmente, Hulda odiava os Natais sem neve, achava-os escuros e deprimentes sem o pano de fundo para refletir a luz fugaz do dia, mas hoje ela não pensava em outra coisa além de sua filha.

Seu caminho era o mesmo, dia após dia, os dez ou mais quilômetros da delegacia de polícia em Kópavogur até a casa deles na península de Álftanes, mas hoje ela dirigiu no automático, totalmente inconsciente de seus arredores. Todos os seus pensamentos estavam concentrados no problema de casa. Quando se aproximou de sua querida casa velha, com o mar estendendo-se plano e cinza, ela se deu conta de que, claro, não deveria ter ido trabalhar. Ela devia ter ligado dizendo que estava doente. Afinal, era verdade que ela não estava em um estado apropriado para estar de plantão. Ao pensar nisso, foi dominada por uma onda de preocupação tão poderosa que quase a assustou.

Ela estacionou o carro em frente à garagem e caminhou rapidamente até a casa, obedecendo a uma necessidade repentina e inexplicável de se apressar. Ela estava ofegante em sua ânsia de entrar e ver Jón e Dimma. Desta vez, ela não aturaria nenhuma bobagem: Dimma teria que sair de seu quarto e conversar com eles — o comportamento dela era totalmente inaceitável. Hulda estava determinada a fazer uma última tentativa de colocar a vida familiar de volta nos trilhos. Ela tocou a campainha, mas não houve resposta, então bateu na porta, mas nada aconteceu. Ela começou a revirar o bolso do casaco em busca do molho de chaves, mas demorou mais do que o habitual para encontrá-las. Toda atrapalhada, finalmente as tirou do bolso e tentou inserir a chave na fechadura da porta da frente. Por fim, conseguiu e irrompeu na casa, apenas para dar de cara com Jón, que estava estranhamente parado no hall.

"Desculpe, eu adormeci novamente. Por isso demorei tanto para abrir a porta. Devo ter caído no sono. Acordei quando você saiu hoje de manhã, depois voltei para a cama com um livro. Não sei o que deu em mim; não costumo dormir por tanto tempo." Ele sorriu, pestanejando. "Devo estar exausto depois desses últimos meses — trabalhando muito e agora esses problemas com Dimma."

"Você precisa tomar cuidado, Jón. Você tem que ficar de olho em seu coração. Lembre-se do que o médico disse. Você está tomando seus remédios, não está?"

"Claro. Não estou correndo nenhum risco."

"E... e..." Ela se preparou para a resposta que temia. "Dimma está acordada? Ela saiu do quarto?"

Jón balançou a cabeça. "Não, pelo que eu saiba, ela ainda está dormindo."

"Você não tentou acordá-la?"

Ele hesitou. "Não, não tive oportunidade. Além disso, é feriado. E nossas tentativas de conversar com ela ontem à noite não foram exatamente um sucesso. Ela só precisa de um tempo, pobre garota."

Hulda caminhou mais para dentro de casa sem se incomodar em tirar os sapatos e o casaco. "Não, isso já foi longe demais, Jón."

"O que você quer dizer?"

"Quero dizer exatamente isso. Você não pode desculpar um comportamento como esse dia após dia, bem durante o Natal, descartando-o apenas como uma fase pela qual ela está passando. Ou concluir que todos os adolescentes são assim. Olha, eu sei que Dimma é nossa única filha, a única adolescente com a qual temos que lidar, mas de jeito nenhum você pode esperar que eu acredite que isso é normal."

"Acalme-se, amor. Vamos resolver isso juntos." Ele bloqueou a passagem dela, então se virou e caminhou resolutamente em direção ao quarto de

Dimma. Ele bateu à porta, educadamente, a princípio. "Vamos ver, amor. Eu vou conversar com ela. Vou tomar conta disso." Então acrescentou, como se tivesse acabado de se dar conta: "Por que você não está no trabalho?".

"Não consigo trabalhar com isso acontecendo, Jón. E *nós* iremos tomar conta disso juntos. Não deixarei você carregar toda a responsabilidade nas costas."

Não houve resposta dentro do quarto.

Jón bateu novamente, um pouco mais forte do que antes.

"Dimma!" Ele gritou. "Nos deixe entrar. Sua mãe chegou do trabalho."

"Dimma, querida", Hulda interrompeu, "abra a porta para nós. Preciso conversar com você. Temos que conversar".

Ainda sem resposta. Mas, em sua imaginação, Hulda podia ouvir Dimma dizendo: *Precisávamos ter conversado há muito tempo. Por que somente agora, mamãe? Por que não antes?*

A mesma sensação de preocupação tomou conta dela, ainda mais poderosa do que antes.

Ela empurrou Jón para fora do caminho. "Abra a porta, Dimma! Abra!" Ela começou a bater com os dois punhos na porta frágil e velha que os separava de sua filha, meio que esperando que Jón tentasse impedi-la, dizendo-lhe para se acalmar, para esperar e ver, mas ele recuou. Talvez finalmente aceitara que a situação era séria.

"Abra!" Hulda bateu mais forte do que antes, suas juntas estavam doendo. Ocorreu-lhe que Dimma pudesse ter fugido durante a noite... Fugido para onde? Sua porta estava trancada por dentro e não havia jeito de escalar a janela para fora, pois não abria o suficiente. Não, ela estava lá dentro, tinha que estar, então por que não estava respondendo?

Antes que Hulda soubesse o que estava fazendo, começou a chutar a porta violentamente.

"Hulda, vamos..." Jón segurou seu braço gentilmente.

"Vamos entrar no quarto de nossa filha", ela disse com uma voz que não tolerava oposição, e chutou a porta novamente, o mais forte que pôde.

"Dimma, abra, por favor!", Jón gritou.

Então ele afastou Hulda para o lado e empurrou a porta com toda a força com o ombro. Quando nada aconteceu, ele deu alguns passos para trás e correu até ela. Não adiantou, mas chegou perto.

Ele bateu novamente e, desta vez, houve um barulho alto e a porta se escancarou.

Hulda não conseguiu ver lá dentro porque Jón estava bloqueando sua visão, mas então ela se esquivou dele e olhou para o interior do quarto.

A visão que teve foi tão indescritível, tão inimaginavelmente horrível, que roubou quase toda a sua força. Com tudo o que lhe restava, ela gritou o mais alto que pôde.

PARTE DOIS

*Dois meses depois –
Fevereiro de 1988*

I

Os dias que se seguiram após Hulda e Jón encontrarem o corpo de Dimma foram confusos.

Hulda conseguia lembrar-se do momento em que Jón quebrou a porta, mas, quase imediatamente depois, um tipo de amnésia havia pairado, apagando os eventos subsequentes. O trauma provou ser demais, mesmo para uma policial durona como ela, embora tivesse vivenciado sua parcela de visões sombrias durante seus anos na polícia.

Ela estava vagando em um estupor desde então. Mas mesmo isso não a impedira de finalmente ver as coisas mais claramente. Quando pensou novamente nos eventos que levaram à morte de sua filha, percebeu quão cega havia sido. A resultante tortura mental estava além de qualquer coisa que já havia conhecido. Sua mente era num minuto atormentada por autoacusações, no minuto seguinte pelo ódio mortal por Jón. Conforme o torpor começava a diminuir, ela não conseguia suportar ficar em casa. Tinha que sair, ir trabalhar — fazer alguma coisa, qualquer coisa, para dispensar esses pensamentos e se dar uma pausa temporária daquele inferno na Terra.

E, então, ali estava ela: acabara de chegar na cidade de Egilsstaðir, a maior comunidade do leste da Islândia, acompanhada por dois técnicos forenses cujo trabalho era realizar a investigação da cena do crime. A jornada para o leste não trouxe melhora nenhuma ao clima, especialmente ali, tão longe no interior. A neve jazia profundamente no solo e nuvens de cor estanho pairavam baixas sobre a paisagem aberta, quase roçando os cumes das distantes colinas. As águas leitosas do longo e estreito lago eram cinzas e sombrias sob o céu invernal, as florestas de pinheiros escuros ao longo de suas margens faziam o cenário parecer estranhamente não-islandês.

Eles foram recebidos no aeroporto por um representante de meia-idade da polícia local chamado Jens, que viera buscá-los em um grande carro de polícia 4x4. Hulda preferiria assumir o volante, pois odiava ser conduzida por outras pessoas, mas dificilmente poderia pedir àquele homem, que era um inspetor, que mudasse para o banco do passageiro para ela dirigir.

Mesmo num 4x4, a viagem não foi fácil. Longe do lago, a paisagem era hostil e sem árvores. As estradas eram traiçoeiramente geladas e a neve tornava-se mais densa conforme se afastavam da cidade, fazendo progressos desesperadamente lentos. Eles estavam passando pelo que parecia ser um vale em forma de U, interminavelmente longo e vazio, entre colinas escarpadas, quando o inspetor quebrou o silêncio.

"Agora não falta muito para a fazenda", ele comentou. "A estrada esteve mais ou menos intransitável desde o Natal. Ninguém viu ou ouviu falar do casal — isto é, Einar e Erla — durante uns dois meses e eles não puderam ser contatados por telefone também, então decidi vir vê-los. Ver como estavam passando o inverno, sabe. E... bem..."

Ele não tinha mais nada a dizer: as fotos da cena do crime haviam sido mostradas à Hulda. Ela havia passado a maior parte da viagem preocupada se estaria em condições para lidar com o caso. Pior, ela podia sentir que seus colegas também tinham dúvidas sobre seu estado mental. Quando pararam em um posto de gasolina mais cedo, para comprar cachorros-quentes e Coca-Cola, notou que seus dois companheiros da perícia estavam conversando baixinho e podia perceber pelas expressões deles que estavam falando sobre ela. Deus sabe que era compreensível.

Sobretudo, ela estava ciente da compaixão deles, mas mesmo isso a deixou desconfortável. Sentiu como se seus colegas tivessem descoberto seu ponto fraco e a ideia era insuportável. Ela odiava a ideia de baixar a guarda por medo deles a acharem uma mulher emotiva que não era forte o suficiente para o trabalho. Mas nada disso realmente importava; havia se tornado completamente trivial pelo que acontecera no Natal. Então outra voz em sua cabeça entrou em ação, dizendo-lhe que se ela não se recompusesse logo, nunca mais o faria.

Ela teria que fazer isso sozinha. Embora ela e Jón ainda estivessem morando sob o mesmo teto, aos seus olhos ele também deveria estar morto.

Houve um silêncio estranho no carro durante grande parte do caminho. Hulda tinha certeza de que era porque seus companheiros não sabiam como agir perto dela depois do que havia acontecido. O comportamento deles a deixava irritada. Certamente, caberia a ela decidir quando estava pronta para voltar ao trabalho. De qualquer forma, gostassem ou não, ela estava ali. Se assumir o caso havia sido um erro, era problema dela. Ela não suportava pessoas pisando em ovos ao seu redor, mesmo que fosse completamente bem-intencionado. Não suportava ser a vítima.

Começou a nevar muito, os flocos grossos obstruindo os limpadores do para-brisas. "Ficará tudo bem", o inspetor disse, lendo seus pensamentos. Ele era quase dez anos mais velho do que ela, gordo, de voz grave, cabelos finos e ralos. "Estamos acostumados a isso por aqui. Um pouco de neve não nos incomoda — isso não é nada comparado ao que acontece aqui no Natal."

Ele não recebeu resposta do banco de trás, onde os dois caras da perícia estavam sentados, então cabia a Hulda responder, bastante concisa: "Certo".

O inspetor Jens interpretou isso como um convite para continuar falando. "Parece-me uma espécie de tragédia familiar. Claro, não quero tirar conclusões precipitadas, mas não vejo como poderia ter sido outra coisa. De qualquer forma, enviei dois rapazes fortes para o local do crime depois de ter encontrado os corpos, para garantir a segurança do local até que vocês chegassem aqui. Eles ainda estão lá no frio, pobres rapazes. Espero que tenham o bom senso de esperar dentro de casa." Ele parecia incapaz de parar de falar agora que havia começado. "Só não entendo como o casal conseguiu permanecer lá por tanto tempo. Claro, era a casa da família de Einar, mas era a única fazenda em todo o vale. Todos os outros habitantes desistiram de tentar ganhar a vida por aqui e levantaram acampamento há muito tempo."

"Certo", Hulda repetiu brevemente, esperando que isso o dissuadisse de continuar.

"No entanto, é inacreditável como algumas pessoas aguentam. Acho que é ser muito cabeça-dura. Mas a família de Einar tinha a reputação de ser teimosa. Determinada a não desistir, a continuar lutando contra os fenômenos até o dia da morte deles." Após uma breve pausa, ele acrescentou: "Desculpe-me, não quis dizer literalmente".

Hulda decidiu não responder.

"Às vezes, me pergunto se teve a ver com dinheiro, sabe? Talvez apenas não pudessem bancar a mudança. Duvido que a propriedade rendesse muito se fosse vendida, é uma pastagem tão pobre. Ninguém pensaria em começar uma fazenda lá agora. Teriam que ser loucos até para considerar isso. E, para ser honesto, a casa está em um estado bastante degradado."

"Logo veremos", Hulda disse, um pouco bruscamente.

"Claro que não passou de uma tragédia familiar..."

A paciência de Hulda estava se esgotando. Ela queria formar sua opinião sobre o caso por conta própria sem ter que escutar as teorias do inspetor. "Estamos chegando?", ela o interrompeu.

"Estamos próximos, não falta muito agora", ele respondeu em um tom bastante moderado, tendo finalmente compreendido que o silêncio era o que Hulda estava procurando.

Quando aconteceu, o silêncio pelo qual Hulda ansiava não lhe trouxe alívio. Ao invés de lhe dar paz e sossego para clarear sua mente para a investigação, ele a fez remoer os pensamentos sobre Dimma e seu suicídio, a angustiante descoberta de seu corpo, as horas e dias nebulosos que se seguiram e o sentimento de ódio corrosivo por Jón, embora ela não tivesse o acusado de nada e ele não tivesse assumido.

Isso e as perguntas que a atormentavam impiedosamente: *Por que não fiz nada? Por que não enxerguei o que estava por vir? Por que eu não o impedi?*

Qualquer um pensaria que Hulda, a policial, era uma pessoa completamente diferente da Hulda esposa e mãe: a primeira, uma durona que lutava com afinco por seu espaço; a última, persuasiva, ingênua e passiva. Foi a sua covardia, sua maldita covardia, que a fez sofrer tanto. Ela nunca teve coragem de enfrentar a situação de frente. Se o fizesse, teria percebido o que estava acontecendo por trás das portas fechadas.

"Então, aqui estamos", o inspetor disse, tentando soar otimista. Em frente a eles, uma casa tomava forma através da neve caindo. Era uma tradicional casa de fazenda islandesa caiada de branco; junto à parte mais antiga, uma construção baixa de madeira revestida em ferro corrugado; o mais novo anexo construído em concreto, com janelas típicas de um sótão. O telhado, coberto de neve trazida pelo vento, era vermelho e parecia ter sido pintado recentemente. Era uma casa de aparência excepcionalmente solitária. A fazenda ficava escondida atrás de uma dobra sedimentar. Enquanto subiam pelo caminho, passaram por um jipe verde enferrujado, estacionado um pouco abaixo da casa, o qual, o inspetor explicou, pertencia ao casal. Por mais amante da natureza que fosse, Hulda nunca teria sonhado em viver em um lugar tão desolado e remoto, principalmente nos extremos do inverno. A solidão era quase palpável. A única casa que havia visto pelo caminho era um lugar mais novo, um pouco mais hospitaleiro, com paredes e telhado azuis, alguns quilômetros para trás.

Havia um carro de polícia estacionado no jardim e, conforme o inspetor parou ao lado dele, um jovem oficial uniformizado apareceu na porta da casa da fazenda e deu-lhes um aceno amigável.

Hulda foi a primeira a descer do carro, obedecendo a uma necessidade urgente de sair para o ar puro, apesar da neve. A viagem de carro a deixou nauseada e depressiva.

O inspetor Jens a seguiu em direção à casa, obviamente ansioso por não perder nada.

"Vou entrar com você", ele disse, passando por seu subordinado para mostrar à Hulda o interior da casa. O ar lá dentro estava desagradavelmente pesado, com aquele odor familiar e enjoativo indicando à Hulda que um corpo ficou por lá há algum tempo. "Ele está lá em cima", Jens disse. Eles entraram em um hall surpreendentemente limpo e arrumado que os levou em direção à sala de estar. Ali, Hulda parou por um momento. Uma árvore de Natal desidratada caída em um canto, suas agulhas espalhadas pelo chão e a pequena coleção de pacotes dispostos embaixo dela. Claramente, os terríveis eventos deviam ter ocorrido durante os preparativos para o Natal.

Havia uma pilha de livros em uma mesinha lateral, cujas etiquetas nas lombadas revelaram ser empréstimos da biblioteca. Ao lado deles, havia uma xícara ainda meio cheia de um líquido escuro e, na mesa grande, outras duas xícaras, ambas vazias. Hulda deu uma olhada rápida na pequena cozinha adjunta à sala de estar. Havia panelas no fogão, mas, além disso, não havia bagunça evidente. Talvez alguém tivesse arrumado para o Natal.

Ela voltou para a sala de estar e, de lá, seguiu para um corredor onde ficavam quatro portas e uma escada para o sótão. "Aqui em cima", o inspetor informou à Hulda solenemente, embora já houvesse dito que o corpo estava lá em cima. Mas, claro, ela lembrou, havia mais de um corpo.

Ela acompanhou o inspetor até o topo da escada, fazendo o melhor que podia para ignorar o cheiro, recusando-se a se deixar levar pelo fato de que, apenas dois meses após encontrar o corpo de sua filha, estava prestes a ser confrontada por outro cadáver. Ela nunca foi prejudicada em seu trabalho por nenhum melindre. Mas agora estava com uma sensação estranha e vertiginosa, como se estivesse no meio de uma geleira, quase cega pelo brilho da neve iluminada pelo sol, qualquer que fosse a direção que olhasse, enquanto à frente uma rachadura se formava na camada de gelo, uma fenda profunda que se aproximava cada vez mais. E ela estava caindo...

No topo da escada, havia um patamar estreito com três portas. Uma permanecia aberta e o inspetor conduzira Hulda em direção a ela. No interior, a fonte do fedor que lhe pegava a garganta foi revelada: o corpo de um homem de meia-idade jazia de costas no chão, uma grande mancha de sangue seco ao seu lado. Não havia sinal de arma.

"Aquele é Einar", Jens disse redundantemente, depois de um respeitoso momento de silêncio. "Desculpe-me, aquele *era* Einar. O fazendeiro."

"Certo. Para ser honesta, não parece bom", Hulda disse. "Meus colegas farão um exame mais minucioso."

"Sim, mas você concorda que parece assassinato, não concorda?"

Hulda foi tomada pela suspeita do inspetor querer que fosse assassinato ansiando pela chance de trabalhar em um crime grave. Mas talvez ela estivesse cometendo uma injustiça com ele. Seria a idade o que a tornara tão cínica? Ou foi o que aconteceu no Natal?

"Bem, de jeito nenhum parece ter sido um acidente", ela disse calmamente. Algo terrível aconteceu ali, isso estava claro.

"Vamos voltar lá para baixo?"

Hulda demorou um pouco, examinando o quarto. Era razoavelmente espaçoso, apesar do teto baixo. No canto abaixo da janela do sótão, havia um velho divã com uma mesinha e um abajur ao lado, e uma pequena estante sob o telhado inclinado. Além da chocante aberração do corpo caído no meio do chão, parecia ter sido um quarto bastante agradável, neutro, mas acolhedor.

O que o fazendeiro estava fazendo ali?

"Ok, vamos descer", ela disse. "Já vi tudo o que precisava por enquanto. A propósito, e estes outros cômodos? Você sabe o que tem neles?" Preferia não checar sozinha, pois não queria arriscar-se a destruir nenhuma evidência antes de os colegas terem a chance de realizar seu exame.

"Sim, dei uma olhada dentro deles quando chegamos, mas são apenas depósitos, então fechei as portas novamente. No andar de baixo, há três quartos e um banheiro. Dei uma olhada rápida em todos eles, apenas para me certificar de que não havia mais ninguém na casa. E não havia."

"Obrigada, meus colegas farão uma investigação mais detalhada."

Ela o seguiu pelas escadas estreitas.

"Agora, receio que tenhamos que voltar para o frio lá de fora."

Hulda ainda usava luvas e sua jaqueta grossa. Quando chegaram nos degraus, ela tirou um gorro de lã de seu bolso.

"Não é muito longe", o inspetor disse. "Apenas vire ali e desça até o porão."

"Ah?" Hulda parou.

"Desculpe-me, o relatório original que enviamos para Reykjavik podia estar um pouco ilegível, mas o segundo corpo está no porão."

Hulda o seguiu por um lance de degraus íngremes que foi transformado em uma ladeira traiçoeiramente escorregadia por conta do gelo e da neve. O porão sem janelas era iluminado por uma única lâmpada fraca, mas foi o suficiente para revelar o corpo de uma mulher de meia-idade deitado contra a parede.

"Erla, esposa de Einar."

Desta vez, não havia sangue, mas a cena era de alguma forma ainda mais terrível do que a primeira. O espaço fechado, frio e monótono dava a Hulda uma sensação arrepiante de claustrofobia. Ela parou do lado de dentro da porta, incapaz de avançar.

"Claro, não sabemos o que aconteceu aqui", o inspetor disse, "mas há várias pistas sugerindo uma morte violenta. Uma pancada na cabeça ou, talvez, estrangulamento. Logo descobriremos".

"Pelo que se sabe, só estavam os dois aqui?", Hulda perguntou, interrompendo sua especulação.

"Sim, apenas os dois."

"Ok, vamos voltar lá para dentro." Hulda estava prendendo a respiração. "Tomar um fôlego."

"O cheiro, né?", perguntou o inspetor, colocando a mão no nariz.

"Você se acostuma", Hulda respondeu, uma vez que estavam a céu aberto. *Não pense em Dimma*, ela disse a si própria. Tentou imaginar que a Hulda detetive não era a mesma mulher que havia encontrado sua filha morta no dia do Natal. Ela tinha que separar esses dois lados de sua vida se quisesse manter seu desprendimento. Era a única maneira de conseguir continuar trabalhando, ou continuar a viver de fato.

Em uma tentativa de se distrair, ela voltou sua atenção para a paisagem circundante. A neve havia parado de cair e o cenário, agora que se podia vê-lo, tinha uma espécie de beleza desolada sob sua leve cobertura branca. O contraste entre essa paisagem pura e intocável e as cenas sórdidas lá de dentro não poderia ser maior. O inspetor disse que as ovelhas haviam morrido de fome no celeiro e que a cena que a polícia encontrou lá não havia sido menos angustiante do que as de dentro da casa.

"Não eram três?", Hulda perguntou.

"Três? O casal vivia sozinho."

"Quero dizer, eles não receberam visita?"

"Não nessa época do ano. Está completamente fora de questão. Ninguém viria até aqui. Nem..."

"Nem mesmo uma visita de Natal?"

"Duvido muito disso. A estrada normalmente fica bloqueada em dezembro e os limpa-neves não chegam tão longe, então isso significaria ter que andar um bom caminho a pé."

"Então não está completamente fora de questão?", Hulda perguntou cuidadosamente.

"Não, claro que não completamente — é apenas um jeito de falar —, mas posso jurar que estavam aqui sozinhos. Às vezes, eles recebiam visitas no verão e talvez na primavera e no outono também — eles administram um tipo de serviço de estada, ou talvez essa não seja a palavra apropriada..."

"Como assim?"

"Eles convidam jovens para ficar aqui em troca de trabalho na fazenda — mão de obra barata, sabe. Na minha opinião, isso não é jeito de fazer as coisas, mas sou antiquado."

"Parece uma ideia perfeitamente sensata para mim", Hulda disse, sem hesitar em contradizer o inspetor, que estava a deixando cada vez mais nervosa. Mas talvez fosse porque, no momento, ela estava deixando tudo atingi-la; sua concentração foi arruinada e sua mente recusava-se a permanecer no trabalho.

"Enfim, o que fez você pensar que havia três pessoas aqui?", Jens perguntou.

"As três xícaras de café na sala de estar."

"Talvez não se preocupassem em limpá-las a cada vez que usavam uma xícara."

"Bem, descobriremos assim que coletarmos as impressões digitais. Mas, fora isso, a cozinha estava bem arrumada, como se fizessem o tipo *organizadinhos*", ela respondeu com desdém. "Além disso, não daria certo, né? Quero dizer, quem matou quem?"

"O quê? Ah, não, claro, entendo aonde você quer chegar, claro", Jens disse, embora Hulda duvidasse que ele estivesse entendendo de verdade. Ele franziu a testa, então acrescentou: "É uma situação infernal... Infernal".

"Se Einar tivesse atacado sua esposa, quem o assassinaria?", Hulda perguntou retoricamente.

"Certo."

"E se Erla atacou Einar, quem a matou?"

"Certo", Jens repetiu e ficou lá parado, com a testa franzida. "A menos que algum deles tenha cometido suicídio?"

"Vamos dar uma outra olhada lá dentro?", Hulda sugeriu e começou a voltar sem esperar uma resposta.

O inspetor a seguia um pouco mais atrás. De repente, ele perguntou: "Então, onde ele está?".

Ela parou e olhou em volta com curiosidade.

"Então, onde ele está — o outro homem, a terceira pessoa?"

"Iremos descobrir, não se preocupe", ela disse, com o ar de autoridade em sua voz disfarçando o fato de que ela não tinha muita certeza de que sua teoria estava certa ou de que algum dia identificaria o visitante misterioso. No entanto, não deveria perder a fé em si mesma. Tinha que continuar acreditando, como fazia todos os dias no trabalho, que era melhor que seus colegas homens e que não havia nada que não pudesse conseguir.

Parecia estranho voltar para a casa, onde um silêncio definitivamente mortal pairava no ar e até mesmo os objetos mais comuns e cotidianos assumiam uma aparência sinistra diante do ocorrido. Lá estavam as três xícaras de café, as quais seus colegas levaram embora para analisar melhor. E as escadas para o sótão — Hulda não tinha a intenção de voltar para lá. Disse a si mesma que queria deixar os especialistas fazerem o trabalho deles, mas, se fosse honesta, era porque recorreria a qualquer desculpa para evitar ver novamente a cena que refletia aquela outra tragédia, mais pessoal.

No andar de baixo, havia quatro quartos pelo corredor. O banheiro estava preso na década de setenta, com armários amarelos, ladrilhos verdes e amarelos, tapete com cheiro levemente úmido e uma única embalagem de *Old Spice* na prateleira. Não havia sinais de luta, nem manchas de sangue nas torneiras ou pia, ou qualquer outra coisa desagradável. Então, havia a suíte *master*. Pelo menos, Hulda supunha que havia sido o quarto do casal. A cama de casal era grande e não havia sido feita, e duas pessoas costumavam dormir ali, como era evidente pelas dobras do lençol e pelas duas mesas de cabeceira idênticas, com um par de óculos de leitura em cada uma.

O terceiro quarto parecia ser um quarto de hóspedes, com uma cama de solteiro e um guarda-roupa, mas não havia sinal de que alguém esteve lá, e o ar que veio de encontro à Hulda quando ela abriu a porta estava seco e rançoso, como se ninguém o tivesse usado por um longo tempo.

O último quarto. Outro quarto de hóspedes, ela supôs, mas algo parecia diferente nele; ela imediatamente sentiu que alguém esteve lá. Havia uma penteadeira e uma cômoda com muitas fotos sobre ela, mas Hulda não teve tempo de prestar atenção nelas porque seu olhar se fixou na cama. Alguém dormiu nela: o travesseiro estava amassado e a cama não havia sido feita apropriadamente.

Hulda virou-se. O inspetor estava parado no meio do corredor, tentando não atrapalhar sua concentração. "Aqui foi onde o visitante dormiu", ela lhe disse, sentindo-se compelida a compartilhar a informação como evidência de sua teoria. "Alguém usou esta cama, viu? Havia uma terceira pessoa aqui no Natal. Caso contrário, não acredito que a cama não estaria arrumada. Parece fora de contexto, já que todo o resto é tão arrumado."

Ele assentiu, então um pensamento veio a ele. "A menos que o casal dormisse em camas separadas... Mas, supondo que você esteja certa, onde ele está?"

"Essa é a pergunta."

Hulda voltou para fora, o inspetor correu para perto dela. Ela precisava respirar um pouco de ar frio e puro para livrar-se do odor repugnante de carne em decomposição e das imagens dos mortos de sua cabeça: o fazendeiro, sua esposa... e Dimma.

II
—

Erla teve o maior choque de sua vida quando viu quem era.

Parecia que seu coração havia parado de bater, como se já estivesse morta. Então ela caiu em si e sentiu um medo genuíno de que este era o fim. Havia um olhar desequilibrado nos olhos dele; a máscara tinha caído.

Não era Einar.

Era o intruso, Leó.

Einar? Oh, Deus, onde ele estava?

Leó agarrou-a com força, sem dizer uma palavra, com um ódio violento nos olhos e, estranhamente, desespero.

Então ela voltou a si. Lembrou onde Einar estava — caído em uma poça escura de sangue no sótão; morto, ele se foi. Ela tinha tanta certeza de que estava alucinando e de que ele ainda estava vivo; que estavam apenas os dois ali. Mas agora, horrivelmente, sabia que estava errada.

Leó a agarrou pelo braço em um aperto agonizante. Deu alguns passos em direção à escuridão, arrastando-a com ele. Lembrou-se com uma súbita clareza de que ela havia fugido para o porão para se esconder dele.

Ela teve uma ideia maluca de usar as pás ou outras ferramentas em legítima defesa.

Mas agora estava completamente impotente, incapaz de se mover, incapaz de fazer qualquer coisa para evitar o que estava prestes a acontecer.

III

Hulda estava sentada no grande carro de polícia com o inspetor, que havia ligado o motor para fazer o aquecedor funcionar a todo vapor. Seus amigos da perícia estavam dentro da casa, conduzindo sua meticulosa investigação.

"Temos que trabalhar com base no fato de que mais alguém estava com eles", Hulda disse em voz baixa, se esforçando para ser educada. Ela precisava cooperar com esse homem para se beneficiar de seu conhecimento sobre o local.

"Hum, sim, certo", ele disse cautelosamente.

"A que distância ficam os vizinhos mais próximos? É possível que algum deles tenha vindo fazer uma visita... e acabou mal?"

"Vizinhos?" O inspetor sorriu. "Eles não tinham nenhum vizinho."

"O que quer dizer?"

"Os vizinhos mais próximos eram os aldeões, incluindo eu. Todas as outras fazendas deste vale foram abandonadas."

"Bem, supondo que alguém tenha vindo do vilarejo?"

"Como disse, ninguém vem aqui no inverno, nenhuma alma. Ninguém tem nada para fazer aqui e o casal não se misturava muito com os aldeões. Eles eram feitos um para o outro, Einar e Erla. Eles cuidavam um do outro, sabe o que quero dizer, né?"

Hulda ficou irritada com suas presunções. "Não podemos descartar nada", ela disse bruscamente. "Sempre há exceções."

"Sim, claro, claro..."

"E, pelo que você disse antes, a pessoa em questão poderia ter vindo de carro pelo menos por metade do caminho?"

"Sim, ou talvez mais, mas teria que caminhar pelo restante do caminho. E o clima é imprevisível por estes lados."

Hulda pensou nos presentes, na árvore... Os trágicos eventos devem ter ocorrido um pouco antes, ou até mesmo durante as festas. "Como o clima estava no Natal?"

O inspetor nem precisava pensar. "Tivemos uma tempestade violenta bem durante o feriado, um apagão geral. A energia acabou no vilarejo, o que significa que deve ter acabado aqui também. Não foi consertada antes do dia vinte e seis de dezembro." Ele suspirou.

"Um corte de energia, você disse? Você se lembra de quando aconteceu exatamente?" Hulda pensou na escuridão, imaginando se ela aconteceu após os eventos ou se podia ter desempenhado um papel importante no que acontecera ali. Foi um pensamento assustador.

"Sim, foi isso mesmo que eu disse. Foi no dia vinte e três. O pior momento possível. Foi um maldito pesadelo preparar o jantar de Natal do dia seguinte, perdemos as saudações no rádio, as canções de Natal e tudo mais. O velho Ásgrímur da cooperativa teve que abrir na noite do dia vinte e três para que as pessoas pudessem comprar baterias, velas, fósforos e assim por diante. Acredito que as baterias se esgotaram."

"E a tempestade? Quando aconteceu?"

"O clima ficou muito ruim durante o Advento — caiu muita neve, mas não houve nevasca. Foi administrável, sabe. Então, uma tempestade severa começou por volta da mesma hora em que a eletricidade acabou."

"Será que alguém poderia ter chegado a pé neste lugar nessas condições?"

"Não, tenho certeza absoluta de que não", ele disse com convicção. "Teria sido impossível. Houve um aviso de emergência de tempestade se aproximando. O vento estava tão forte que você mal conseguia ficar em pé lá fora e houve uma grande tempestade de neve — visibilidade zero."

"E você disse que durou até o dia vinte e seis? Foi quando a energia voltou?"

"Sim, aproximadamente."

"Então o visitante deles deve ter chegado por volta do dia vinte e três pelo menos."

"Sim, por aí ou depois do Natal."

"Dificilmente, uma vez que já estavam mortos a essa altura. Os presentes de Natal não foram abertos."

"Ah, sim, certo. Agora que você mencionou isso...", ele disse, envergonhado.

"Podemos voltar agora?", ela perguntou.

"Voltar? Mas seus colegas ainda não terminaram."

"Eles ficarão bem. Voltamos para buscá-los mais tarde."

"Aonde você quer ir?", ele perguntou.

"Apenas ao ponto onde nosso misterioso visitante pode ter chegado nos dias que antecederam o Natal. Onde ele foi forçado a abandonar seu carro."

"Ok, sim, claro, podemos ir até lá. Embora não tenha notado nenhum carro pela estrada."

"Mas não estávamos procurando."

"Mas certamente não estaria mais lá. Ele teria fugido."

"Talvez. Mas, quem sabe, talvez haja sinais de que um veículo estacionou ali. Marcas congeladas embaixo da neve, por exemplo."

"Verdade", ele disse. "Ok. Apenas vou dizer aos rapazes para onde estamos indo."

Eles dirigiram por um tempo sem falar. Jens, obviamente, havia aprendido sua lição e Hulda não tinha nada para lhe dizer. No entanto, depois de alguns minutos ela começou a achar o silêncio desconfortável. No momento que sua atenção se desviasse, Dimma estaria lá, esperando. Hulda tinha falhado com ela. Ela havia se dado conta disso tarde demais. A ciência disso era dolorosa, agonizante. Podia sentir que uma dor de cabeça terrível estava começando, quando o nome de sua filha ecoou cada vez mais alto em sua mente, até que, incapaz de suportar por mais tempo, teve que dizer alguma coisa.

"Você... você mora aqui há muito tempo?"

"Quem, eu? Nunca morei em outro lugar. Você pega o jeito da vida de aldeão; na verdade, é viciante. Sempre há algo para te manter ocupado, sabe — hobbies e assim por diante..."

Pelo seu tom, Hulda percebeu que ele estava esperando que ela lhe perguntasse mais sobre seus hobbies. Supôs que não faria mal deixá-lo contar.

"Ah, entendo, tipo o quê, exatamente?"

"Bem, música, obviamente."

"Er, obviamente?"

"Sim, você sabe, minha música."

Ela não fazia ideia do que ele estava falando, mas não queria perguntar.

Vendo a perplexidade dela, ele pareceu envergonhado. "Ah, desculpe, achei que talvez você conhecesse. A maioria das pessoas conhece, embora eu mesmo conte." Ele mencionou um sucesso popular do início dos anos setenta, uma música que Hulda certamente conhecia.

"Esse é você?"

"Na verdade, era — os pecados da minha juventude e tudo mais. Eu era o cara de um único hit. Mas as pessoas ainda me pedem para cantá-lo." Ele riu. "Nas ocasiões mais improváveis. E na maioria dos encontros, sabe. Costumo ceder — solto a voz e dedilho a guitarra."

Olhando para aquele homem robusto e de meia-idade ao seu lado, Hulda teve dificuldade em imaginá-lo sendo um *popstar*. Para seu extremo aborrecimento, o refrão estava agora preso em sua cabeça.

"Também tenho um certo tipo de acordo com o restaurante do vilarejo. Bem, restaurante é uma palavra um pouco descabida aqui, é mais como um glorioso café de posto de gasolina, onde as pessoas vão quando querem comer hambúrgueres e fritas, esse tipo de coisa. Se tem muita gente, algumas vezes canto na hora do jantar e, em troca, ganho uma refeição na faixa, sabe." Ele gargalhou. "Tenho certeza de que você irá aparecer lá quando tiver um tempo."

O silêncio pairou novamente após as confissões do ex-*popstar*. Hulda contemplou a inóspita paisagem. O céu ameaçava mais neve. Por mais pitorescos que as montanhas e os vales parecessem em seu traje de inverno, ela nunca teria sonhado em morar ali. No entanto, parecia uma boa área para caminhadas no verão.

Ocorreu-lhe que fazia muito tempo que não caminhava. Talvez fosse o que precisava: ir para as montanhas e curar seu coração partido com ar puro, em vez de ficar confinada em casa ou se matando de trabalhar. No entanto, não poderia fazer isso agora. Precisava solucionar o caso primeiro, de preferência com distinção.

Lembrando de um comentário que o inspetor havia feito antes, Hulda disse: "Você mencionou que ninguém conseguiu entrar em contato com eles pelo telefone, por isso você decidiu vir checá-los pessoalmente. Você notou se o telefone deles estava funcionando?".

"Não, estava mudo quando tentei ligar para eles, como se houvesse algo de errado com o telefone ou com a linha. Mas esqueci de checar se havia tom de discagem enquanto estava na casa."

"Você pode checar mais tarde?"

"Claro, pode deixar. É aqui que a estrada geralmente fica bloqueada." O inspetor estacionou e ambos saíram do carro.

Hulda girou lentamente em círculos, observando os arredores.

"Ali, olha", ela disse após um momento, apontando para um lado. "Há algum tipo de veículo. Parece um grande 4x4." O carro estava estacionado a alguma distância da estrada.

"Sim, caramba, você está certa. Não notei antes. O motorista fez um caminho estranho, mas... Bem, agora que você mencionou isso... talvez..."

"Talvez o quê?", Hulda perguntou impacientemente.

"Talvez seja compreensível. Muitas vezes, faço esse caminho durante o inverno. A estrada normalmente fica fechada com muita neve neste ponto e eles não se preocupam em ará-la. Mas uma pessoa que não conhece a região poderia cometer o erro de pensar que poderia contornar o bloqueio se desviasse pela esquerda. Você pode dirigir fora da estrada aqui, se tiver o tipo certo de veículo, porque o terreno geralmente é varrido pelo vento. Mas é enganoso. Nosso amigo logo teria problemas, aposto nisso. Ele teria ficado preso antes que percebesse."

Ambos partiram em um ritmo acelerado sobre a crosta de neve firme em direção ao carro. Era branco, o que o tornou difícil de ser visto contra o pano de fundo nevado. Hulda não conseguiu reconhecer imediatamente a marca, não à distância. O inspetor foi mais rápido.

"Parece um Mitsubishi. Eu sempre quis um desses."

Hulda apenas refletia que estava muito feliz com seu Skoda quando olhou pela segunda vez e, voltando-se para o inspetor, viu que ele pensara da mesma maneira, quase no mesmo instante.

"Que diabos!" ele disse. "Não pode ser..."

"Um Mitsubishi branco *off-road*. Meu Deus!" Claro que teriam que confirmar se era o mesmo número de licença, mas não poderia ser uma coincidência.

"Meu Deus!", Hulda repetiu. "Essa era a última coisa pela qual estava esperando."

IV

Por razões óbvias, Hulda nunca conseguiu retornar a mensagem telefônica dos pais da garota desaparecida no Natal. Ela não queria incomodá-los de manhã, e ao meio-dia ela foi para casa, para ser confrontada por uma cena de horror indescritível que fez seu mundo virar de cabeça para baixo, e ela sentiu como se sua vida tivesse efetivamente acabado.

Depois da tragédia, naturalmente caberia a alguém ligar de volta para os pais de Unnur, caso alguém realmente tivesse se importado. Mais tarde, porém, quando ela começou a prestar atenção às notícias novamente, Hulda imaginou qual teria sido o motivo do telefonema. O que aconteceu foi que o pai de Unnur desapareceu um pouco antes do Natal, sem dizer uma palavra à sua esposa. Seu carro havia sumido também. Hulda estava escutando as notícias distraidamente, como fez tudo naqueles dias, mas essa chamou-lhe a atenção, já que havia sido seu caso. O desaparecimento do pai, após o de sua filha, causou grande rebuliço. Todas as evidências sugeriram que ele havia saído deliberadamente. Não havia motivo para suspeitar de nenhum crime e de nenhuma outra explicação óbvia. Hulda tirou suas próprias conclusões e presumiu que seus colegas haviam feito o mesmo: a única explicação lógica era que o pai havia sido o responsável pela morte de sua filha e que, incapaz de viver com isso, tirou sua própria vida. A imprensa não havia dito isso com todas as palavras, mas a especulação sobre o caso foi silenciosamente abafada, como se por consenso, por se tratar de uma tragédia familiar, fosse inapropriado aprofundar demais o assunto.

A investigação policial não deu em nada, como se o homem tivesse desaparecido da face da Terra. Hulda achava que ele provavelmente havia pegado seu carro e se jogado penhasco abaixo, mas, como estava de licença compassiva na época, não havia participado dos detalhes do caso. De qualquer forma, não tinha sido visto ou falado nada a respeito dele.

Até agora.

O pai havia ido embora em um Mitsubishi branco.

E agora ali estavam eles, no meio do nada, diante de um carro que batia com a descrição.

"Tem que ser o veículo certo, não?", Hulda perguntou em voz alta, embora já soubesse a resposta.

"Sim, tem que ser. Recebi ordens logo após o Natal para ficar de olho em um Mitsubishi branco — como todas as outras delegacias do país. Lembro-me de ter feito uma ronda pelo vilarejo, por via das dúvidas, mas não avistei nada e nada do que ouvi me levou a esperar que o homem aparecesse na minha área. Não havia razão para me dedicar a esse caso até agora... O que diabos ele poderia estar fazendo aqui?"

"Bem, está longe de estar claro, mas suponho que ele poderia..."

O inspetor interrompeu: "Tem que estar ligado com a filha dele, não é mesmo?".

Hulda ficou parada olhando para o carro.

O que, em nome de Deus, o pai de Unnur estava fazendo por aqui?

"Sim, acho que deve ser", ela disse, por fim.

"Mas ela desapareceu do outro lado do país..."

"Sim, a última vez que soubemos dela foi fora de Selfoss, que certamente é muito longe daqui... Realmente não entendo."

"Eu também não... E agora estou prestes a levar uma bronca por não ter vasculhado a área melhor na época", Jens disse melancolicamente, mais para si próprio do que para Hulda.

Ela não teve paciência para tranquilizá-lo. Sua mente estava totalmente focada no caso em questão. Ou, talvez, casos? Porque certamente aquilo devia representar pelo menos uma pista adequada em relação ao desaparecimento de Unnur.

Ela raspou a neve dos vidros e espiou dentro do carro, com cuidado para não tocar em nada. Outros precisariam examinar o veículo mais cuidadosamente. Mas, pelo menos, ela conseguiu se convencer de que não havia ninguém lá dentro. E não havia nada óbvio que pudesse elucidar o que aconteceu.

"Você acha que ele pode ter passado o Natal com o casal?", o inspetor perguntou por fim.

Hulda pensou sobre isso. "É uma possibilidade, embora não consiga imaginar por quê. Mas ninguém teria qualquer razão para fazer este caminho, exceto para visitá-los, não é mesmo?"

"Não, absolutamente nenhuma. Isso sugere que ele caminhou daqui até a fazenda. É uma caminhada e tanto, mas não muito difícil, desde que a visibilidade esteja boa."

"Mesmo que não se conheça a área?"

"Sim, eu diria que sim. A estrada vai daqui direto até o topo do vale."

"Mas seria fácil se perder se houvesse uma nevasca, não seria?"

"Acho que sim. Não há muitos pontos de referência para te ajudar se você sair da estrada, e há várias histórias antigas de viajantes que morreram de frio por essa região. Histórias de fantasmas, e assim por diante. Não gostaria de ser pego aqui a pé se uma tempestade chegasse, disso tenho certeza."

Hulda começou a caminhar de volta para o carro de polícia, imersa nos próprios pensamentos, e o inspetor a seguiu.

Ela se arrastou para o banco do passageiro e, uma vez que o inspetor pegou o volante, disse: "O homem tem que estar em algum lugar por aqui... presumindo que este seja o carro dele. E acho que já estabelecemos que ele não está na fazenda, não concorda?".

"Ele não pode estar lá", Jens confirmou, então acrescentou: "Você acha que ele assassinou o casal?".

Hulda não disse nada por um momento. Era a única conclusão lógica, no entanto, não conseguia dizê-la em voz alta. Ela encontrou o homem por diversas vezes por conta do desaparecimento de Unnur e havia gostado dele. Ele parecia ser um advogado educado e gentil, um pai preocupado. E ainda... havia alguma coisa em seu jeito que deixou Hulda inquieta; ela sentiu que, em algumas circunstâncias, ele poderia ser capaz de qualquer coisa, que era imprevisível. Ele poderia de fato ter assassinado a sua filha e depois o casal na fazenda? Não fazia sentido, não fazia nenhum sentido...

"Acho que não podemos descartar essa possibilidade", ela disse por fim. "Digo, que ele seja o responsável pelo que aconteceu aqui no Natal."

"Claro, sempre há uma chance...", Jens disse lentamente, ponderando. Hulda esperou impacientemente ele terminar a frase: "... uma chance de ele estar na outra casa".

"Aquela pela qual passamos antes?"

"Sim, ninguém mora ali."

"E o quê... Ele apenas deixou seu carro aqui esse tempo todo?"

"Não, bem, não sei."

Embora Hulda não estivesse convencida, valia a pena certificar-se de tudo.

"Vamos dirigir até lá e checar?", o inspetor perguntou, hesitante. Hulda ficou satisfeita ao descobrir que ele se submetia tão completamente à sua autoridade.

"Sim, vamos fazer isso", ela disse com firmeza.

V
—

A tinta azul das paredes e do teto estava desgastada e, mesmo abaixo da grossa camada de neve, era evidente que o jardim ao redor da casa havia sido abandonado. Quando Hulda e o inspetor tentaram abrir a porta da frente, a encontraram destrancada, então não havia nada que pudesse impedi-los de empurrar, abrir e entrar.

Não havia sinal de que alguém pudesse ter estado ali recentemente, embora a casa ainda estivesse totalmente mobiliada, com um sofá e poltronas na sala de estar e uma mesa e louças na cozinha, como se o último morador pretendesse voltar.

"Há apenas um único andar, mas acho que também há um porão", disse Jens. "Vou dar uma olhada rápida lá embaixo, mas parece muito claro para mim que ele não pode ter estado aqui."

Hulda assentiu sem falar e Jens sumiu de vista.

Havia uma atmosfera estranha na casa, com suas testemunhas mudas do passado, de uma vida que alguém vivera lá não muito tempo atrás, mas também não tão recentemente. Uma grossa camada de poeira cobria todas as superfícies. Hulda vagou de cômodo em cômodo e achou que todos contavam a mesma história. Havia uma cama de solteiro no quarto, mas não havia itens pessoais. Poderia ter sido uma pensão, aguardando visitantes. Ela voltou para a cozinha e abriu o refrigerador, mas estava desligado e vazio. Quando ela apertou o interruptor de luz ao lado da porta da cozinha, para sua surpresa, a lâmpada acendeu. Os aquecedores também estavam mornos, não o suficiente para aquecer a casa, mas presumivelmente o bastante para impedir a tubulação de congelar enquanto o lugar estava desocupado. Claramente, aquela era uma casa com uma história, talvez uma interessante, mas qualquer curiosidade que tivesse a respeito dela teria que esperar. No momento, a prioridade era descobrir o que havia acontecido ao casal da fazenda vizinha e, não menos importante, o que aconteceu com o pai de Unnur, o advogado Haukur Leó, conhecido por seus amigos e familiares como Leó.

Depois de terem descoberto o Mitsubishi abandonado, Jens havia falado com a polícia pelo rádio do carro para obter a confirmação de que aquele era de fato o veículo que a polícia estava procurando. A descoberta virou todo o caso de ponta cabeça — os dois casos, na verdade: por um lado, os trágicos eventos na fazenda; por outro, o desaparecimento de Unnur e seu pai. Era lógico que tinha de haver uma ligação; se Hulda pudesse apenas resolver isso...

"O porão estava trancado, mas eu tomei a liberdade de forçar a porta", Jens disse à Hulda. "Não foi muito difícil. Eu farei com que seja consertado mais tarde."

"Você encontrou alguma coisa?"

O inspetor balançou a cabeça. "Absolutamente nada. Onde diabos esse cara está?"

"Temos que organizar uma busca", Hulda disse, ciente de que o tempo estava trabalhando contra eles. A trilha havia desaparecido há muito e ela teria que fazer de tudo para soprar qualquer brasa fraca que pudesse iluminar seu caminho. Embora sua principal preocupação fosse encontrar Unnur, a garota que vinha procurando desde o outono. Se houvesse alguma esperança, por mais fraca que fosse, de que ela pudesse ainda estar viva, Hulda *teria* que salvá-la.

Ou, pelo menos, fazer o seu melhor para isso.

VI

Unnur não foi além de Kirkjubæjarklaustur naquele primeiro dia.

Era exatamente assim que sua viagem deveria ser, uma mistura de incerteza e aventura. Mas não tinha nenhum desejo em particular de ficar presa nessa cidade pequena e pacata da Islândia, localizada no oásis verde entre as duas calotas polares de Mýrdalsjökull e Vatnajökull. Ela estava à procura de um tipo diferente de experiência, que consistia em procurar lugares remotos e cenários dramáticos, não se esconder em uma cidade ou vilarejo. No momento, ela estava sentada em um pequeno café anexo a um posto de gasolina.

O motorista da BMW que lhe deu carona não continuou com ela. Ele era um estrangeiro, um simpático alemão de meia-idade que trabalhava em um escritório e há muito tempo sonhava em visitar a Islândia. Eles conversaram o caminho todo. Já que adorava conhecer pessoas novas e saber mais sobre o modo de vida delas, estava bem satisfeita com sua viagem até então.

A pergunta era, para onde agora?

Ela pensou em pegar o ônibus, mas ainda não sabia para onde, exceto que teria que ser para o leste. Ela não queria refazer sua rota para o oeste em direção à Selfoss e Reykjavik, pois pareceria muito com dar um passo para trás, como jogar a toalha. Em vez disso, ela se sentiu compelida a continuar, rumo ao desconhecido.

Estava quieto dentro do café. Unnur se presenteou com um café e um sanduíche frio, ambos pouco inspiradores. Pelo menos o café estava quente e o sanduíche era comestível, então daria para o gasto.

Na mesa ao seu lado, havia uma pilha de panfletos publicitários e um jornal velho. Começou a folhear o jornal, mas logo desistiu, pois havia algo deprimente em voltar para as mesmas velhas brigas políticas. Evitou de propósito as notícias recentemente, não prestando atenção no que estava acontecendo no mundo.

Deixando o jornal de lado, olhou distraidamente para os panfletos publicitários, alguns coloridos, outros em preto e branco, destinados principalmente a turistas islandeses explorando seu próprio país. No final da pilha, estava uma folha fotocopiada que Unnur parou para ler, talvez porque fosse tão antiquada e amadora. Era um anúncio para voluntários interessados em trabalhar numa fazenda em troca de alimentação e alojamento.

Como muitos islandeses, ela havia passado alguns verões em uma fazenda quando menina, ajudando nas tarefas e experimentando a vida no campo, mas nunca lhe ocorreu fazer isso novamente depois que cresceu. Ainda assim, era uma experiência muito emocionante para deixar passar; era exatamente o tipo de experiência que havia imaginado ser interessante e diferente — um vislumbre de um modo de vida em extinção. E a alimentação e a hospedagem gratuitas ajudariam a poupar suas economias.

A folha fotocopiada providenciava as informações básicas, incluindo direções de como en-

contrar o lugar, o que envolvia pegar um ônibus para um vilarejo no leste. A fazenda ficava bem longe do vilarejo; um pouco de caminhada a pé, dizia, mas uma carona poderia ser providenciada. Ela imediatamente decidiu sair andando; que sonho aquilo seria!

Havia um número de telefone no final da folha. Seria tolice viajar todo esse caminho até o leste sem ligar antes, apenas para descobrir que o lugar não estava mais disponível. Pegou o aviso e foi até o balcão, deixando seu café e sanduíche para trás, confiante de que ninguém iria querer roubá-los.

"Com licença", ela disse para o jovem que estava no caixa naquela noite.

"Hum?"

"Com licença, posso usar seu telefone?"

O garoto revirou os olhos. "Há um telefone público nos fundos — lá, olha..." Ele apontou para a esquerda. "Atrás daquela parede."

Unnur pegou uma nota de cem coroas. "Você consegue trocá-la para mim?"

O garoto hesitou, como se estivesse pensando em recusar, então pegou a nota com ar de sofrimento, abriu o caixa e lhe deu um maço de notas de dez coroas.

Unnur rapidamente encontrou o telefone e discou o número.

VII

Eles estavam sentados no escritório do inspetor de polícia na delegacia do vilarejo.

O escritório era pequeno, assim como a delegacia, mas Jens deu um tom caseiro ao local. Havia fotos da família em uma prateleira e o lugar estava todo arrumado; a mesa não estava enterrada em uma avalanche de papéis como a de Hulda. Talvez este fosse o resultado de menos pressão e menos casos, ou talvez Jens fosse naturalmente mais organizado.

Agora que ele estava em casa, confortavelmente entronizado atrás de sua mesa, enquanto Hulda sentava-se na cadeira dura de visitante, parecia que os papéis haviam sido invertidos.

A mídia ficou sabendo das mortes, o que aumentou a pressão. Um repórter da emissora estatal ligou para a delegacia e Jens escolheu atender a ligação ao invés de passá-la à Hulda. Ela pegou trechos do que a pessoa do outro lado da linha estava dizendo, mas foi demasiadamente lenta para intervir. Sua reação imediata deveria ter sido um enérgico "sem comentários", mas claramente Jens estava gostando de ser o centro das atenções, tão ocupado aproveitando seus cinco minutos de fama que deixou escapar algumas informações. Felizmente, era tarde demais para passar no principal noticiário noturno da TV, mas a reportagem certamente seria transmitida no boletim das dez do rádio. Hulda esperava que os jornais não atraíssem muita atenção na manhã seguinte. Ela precisaria de mais tempo. Para ser justa com Jens, ele apenas confirmou que haviam encontrado dois corpos, sem mencionar a suspeita de assassinato. O que, por si só, foi suficiente para despertar muito interesse; mas, pela experiência de Hulda, quando se tratava de um caso como aquele, jornalistas islandeses normalmente eram confiáveis em respeitar os interesses da investigação. Felizmente, Jens também não havia revelado a possível ligação entre o caso e os misteriosos desaparecimentos de Haukur Leó e sua filha Unnur.

Eles estavam aguardando em seu escritório pelo chefe do departamento da equipe de busca e salvamento local, que estava vindo encontrá-los.

Hulda ouviu um barulho no corredor e, olhando ao redor, viu uma figura magra de óculos aparecer na entrada da porta. "Olá." Ela julgou que ele estivesse na casa dos trinta, dez anos mais jovem do que ela. Ele entrou no escritório rapidamente, estendeu a mão e se apresentou. "Sou Hjörleifur. Sou responsável pelas operações de busca e salvamento da região."

"Olá. Sou Hulda, do DIC de Reykjavik", ela disse. "Obrigada por vir. Precisamos organizar a busca por um homem."

"Sim, eu presumi." Hjörleifur permaneceu em pé, como se não houvesse nenhuma cadeira livre no pequeno escritório. "Jens mencionou isso quando me ligou. Estamos falando sobre o homem que desapareceu no Natal, certo?"

"Correto", Jens disse, com solenidade autoconsciente.

"Claro, sem dúvida podemos fazer isso", Hjörleifur respondeu.

Ele olhou de Jens para Hulda.

"Quando pode começar?", ela perguntou. "Quanto tempo você demora para chamar seu pessoal?"

"Chamar meu pessoal? Não demora muito, mas agora está um alvoroço lá fora e escuro também, então não iremos a lugar algum com pressa. Se o homem continua lá fora, seu corpo deve estar em algum lugar desde o Natal, então certamente um ou dois dias a mais não farão nenhuma diferença."

Hulda levantou-se de sua cadeira, olhando para Hjörleifur com um olhar severo e dizendo enfaticamente: "Pelo contrário, é extremamente urgente. Estamos procurando uma garota que está desaparecida desde o outono passado. Não sabemos o que aconteceu com ela, mas finalmente encontramos seus rastros. Se houver a menor chance de ela ainda estar viva...".

Hjörleifur ficou desconcertado com a veemência da resposta dela. Então ele assentiu. "Ok, certo, vou reunir a equipe. Mas espero que você não esteja esperando encontrar o homem vivo."

"Eu ficaria surpresa", Hulda disse em um tom mais composto, sentando-se novamente. "Pode começar agora?"

"Não no escuro, mas assim que clarear", Hjörleifur murmurou, parecendo um tanto envergonhado. "No entanto, apenas para ficar claro, se as condições piorarem de modo significativo, teremos que abortar a busca. Não correremos nenhum risco."

"Compreendemos isso", Jens disse.

Pelo seu tom, Hulda não tinha certeza se ele estava do lado dela ou de Hjörleifur. Talvez fosse imprudente insistir em enviar um grupo de busca para vasculhar o interior em busca de um corpo com aquele clima, mas o desaparecimento da garota havia lhe deixado furiosa e ela queria fazer todo esforço possível para solucionar o caso. Não que se enganasse achando que haveria um final feliz.

"Então, é melhor eu ir andando, já que obviamente não há tempo a perder", disse Hjörleifur, nem mesmo tentando disfarçar o sarcasmo em sua voz. Ele se despediu deles.

"Não seria melhor voltarmos à fazenda?", Hulda perguntou, virando-se em direção a Jens. Ela estava se sentindo muito inquieta para esperar por ali sem nada para fazer.

"Tem certeza? Isso significa ter que dirigir novamente por todo o caminho de volta e agora à noite. Meus rapazes poderiam dar uma carona para seus colegas assim que terminarem." Sua falta de entusiasmo era óbvia.

Hulda assentiu. "Tenho certeza. Gostaria de estar lá pessoalmente para ouvir deles como a investigação da cena do crime está indo."

Desta vez, a viagem foi mais árdua, pois a neve havia caído pela estrada desde a manhã. Hulda poupou um sentimento de culpa pela equipe de resgate e salvamento que teria que vasculhar o vale e os pântanos nessas condições.

Quando finalmente chegaram à casa da fazenda, os colegas de Hulda estavam terminando.

Eles recolheram amostras e fotografias e acharam que tinham provas suficientes para dar andamento ao caso.

Eles fizeram uma descoberta inesperada: estava claro que alguém havia deliberadamente sabotado o telefone puxando alguns fios e escondendo a prova. "Não exigiria nenhum conhecimento especializado e provavelmente teria levado apenas um minuto", Hulda foi informada quando pediu detalhes. Além disso, uma análise preliminar das digitais que estavam nas xícaras de café confirmou sua teoria de que havia três pessoas na casa.

Ambos os corpos já haviam sido removidos pela ambulância e a equipe de resgate não começaria a busca até a manhã seguinte. Portanto, ficou acordado que as duas viaturas da polícia deviam voltar ao vilarejo em comboio, mas havia algo que Hulda queria fazer primeiro.

"Posso entrar agora e olhar com mais cuidado?", ela perguntou a um de seus colegas da perícia. Ele assentiu.

Ela teve a sensação desorientadora de entrar em uma pintura: uma sala de estar aconchegante em uma casa onde ninguém mais vive, onde o relógio parecia ter parado de funcionar no Natal, embora já fosse fevereiro. Era como se a casa estivesse presa em um estranho limbo: havia sinais de vida em qualquer lugar para onde olhasse, mas o ar estava contaminado pelo cheiro da morte, um lembrete de que a Ceifadora havia empunhado sua foice ali recentemente. Ela tentou visualizar a cena. Os três — o casal de fazendeiros e Haukur Leó — estiveram sentados ali, juntos, nos dias que antecederam o Natal? Ele era um completo estranho para eles? Se fosse, o que estava fazendo ali, no meio do inverno? Ou poderiam ter sido parentes?

    Enquanto estava na delegacia, ocorreu à Hulda que ela deveria aproveitar a oportunidade e telefonar para a esposa dele, a mãe de Unnur, e contar a ela que o Mitsubishi havia sido encontrado. Isso lhe daria uma desculpa para perguntar à mulher sobre qualquer ligação com o casal do leste. No entanto, ela hesitou, preferindo esperar até fazer um pouco mais de progresso com a investigação. Até que ela pudesse tirar a pobre mulher de sua miséria, dizendo-lhe diretamente que seu marido estava morto — e talvez dar-lhe notícias de sua filha ao mesmo tempo.

    Essa conversa teria que esperar no mínimo até o dia seguinte, a menos que alguma coisa inesperada acontecesse à noite.

    Hulda passou pelas escadas que davam no sótão, uma vez que simplesmente não tinha força mental para subir lá novamente. Subconscientemente, ela sabia que era porque, além do sangue, a cena era muito sombria, um lembrete de seu próprio trauma.

    Em vez disso, ela revistou o quarto do casal. Jens sugerira que eles poderiam ter dormido em quartos separados como uma possível explicação para o fato de tanto a cama do casal quanto a do quarto de hóspedes terem sido usadas. No entanto, agora havia evidências convincentes de que sua teoria estava errada: uma terceira pessoa havia estado lá — Haukur Leó deve ter ficado com eles. Como mais uma prova de que o casal dormiu junto, havia, conforme Hulda notou anteriormente, dois pares de óculos de leitura. Havia também um copo de água meio vazio em uma mesa de cabeceira, junto com um romance, *Salka Valka*, de Halldór Laxness, o marcador revelando que o leitor não havia ido muito longe.

    Além disso, Hulda sentiu ser um quarto bastante triste. De alguma forma, impessoal. Ela não conseguiu compreender imediatamente o que foi que passou essa impressão, então relembrou das fotografias na cômoda do quarto de hóspedes. Era isso: não havia fotos da família aqui. Claro, isso não era necessariamente significativo, mas, mesmo assim, parecia estranho.

    Hulda saiu do quarto do casal e voltou para o quarto de hóspedes, onde Haukur Leó provavelmente dormira. Lá, havia fotos da família, tudo em um único lugar. Hulda deu uma olhada nelas superficialmente quando examinou o quarto na primeira vez, mas agora ela parou para analisá-las mais de perto. Sua atenção foi atraída por uma fotografia em particular no meio dessa análise. Mostrava o casal, Erla e Einar, provavelmente na casa dos trinta, parecendo jovens e despreocupados e, entre eles, uma linda garota ruiva adolescente. E... havia algo sobre a garota que deixou Hulda pensativa; sim, ela lembrava um pouco Unnur, a garota desaparecida de Gardabæ. Talvez fosse apenas porque Hulda estivesse preocupada com ambos os casos, mas havia uma semelhança. Ambas eram ruivas, claro, mas era mais do que isso; elas eram realmente muito parecidas.

Ela se perguntou quem a garota da foto era e achou que fosse a filha do casal; a atmosfera da imagem realmente passou essa impressão, uma vez que ambos estavam com os braços em volta dela, e a suposição imediata de Hulda foi que este era um retrato de família.

Mas, se era, onde estava essa garota agora?

E por que ninguém a mencionou?

O inspetor Jens estava parado do lado de fora na neve, açoitado pelo vento que parecia implacável.

"Podemos dar uma palavra?", Hulda perguntou, mas ele continuou olhando para o nada. Aproximando-se, ela bateu em seu ombro e ele deu um pulo.

"Queria te perguntar uma coisa."

"Desculpe, não te ouvi. Vamos entrar?"

Ela assentiu e eles voltaram para o abrigo mais que bem-vindo do hall.

"Estava olhando as fotografias — as fotos de família, sabe — e há uma do casal com uma jovem garota. Eles tinham uma filha?"

"Sim", o inspetor respondeu prontamente. "Anna." Sua expressão tornou-se sombria.

"Onde ela está?"

Desta vez, ele demorou mais para responder. "Ela morava na fazenda vizinha, na casa azul que visitamos mais cedo."

"Ela morava lá? Então onde ela está agora?" Hulda imaginou os cômodos da casa vazios, a casa que alguém parecia ter deixado às pressas, para nunca mais voltar.

"Ela está morta", Jens disse com ar de tristeza.

"Morta? Mas... ela deve ter morrido muito jovem." Hulda se esforçou para se concentrar, para evitar que seus pensamentos se desviassem para Dimma, mas podia ouvir sua voz falhando.

"Muito. Ela não tinha mais do que vinte anos, se me lembro bem. Ela havia acabado de voltar para casa depois de terminar os estudos. Bem, não para casa exatamente: ela se mudou para a velha fazenda vizinha, como eu disse. Isso causou um grande rebuliço no vilarejo. A maioria das pessoas tinha como certo que ela se mudaria para o sul, para Reykjavik, e faria algo diferente de sua vida. Mas o campo exerce uma grande pressão. Lembro-me de esbarrar com ela não muito tempo depois que se mudou para a casa e ela estava radiante de felicidade. Ela era feita para este lugar."

Hulda estava se sentindo muito sufocada para continuar com a conversa. Tudo o que podia enxergar era Dimma e sabia que a qualquer momento desabaria em lágrimas. O único lugar onde poderia se esconder era lá fora, na neve. Ainda assim, pigarreando, ela se esforçou para perguntar, tentando esconder o tremor em sua voz: "O quê... o que aconteceu com Anna?". Ela tinha que saber.

VIII

    Unnur experimentou uma sensação de liberdade pura e genuína. Ela estava livre como um pássaro, não dependia de ninguém, todos os seus pertences dentro de sua mochila — pelo menos, tudo o que necessitava; e o mais importante, seus cadernos. Estava escrevendo bem. E ninguém sabia onde ela estava. Não disse aos seus pais para onde estava indo, já que não havia urgência. Estava tirando um ano de folga deles também. Ela os amava com muito carinho, mas este era seu momento e ela estava determinada a se virar sozinha.
    Levou uns dias para chegar lá. Ela viajou de ônibus pela costa sul, de Kirkjubæjarklaustur para Höfn í Hornafirði. Era uma das estradas mais espetaculares da Islândia: para o sul, nada havia além do imenso e calmo oceano; no lado terrestre para o norte, a vasta calota polar de Vatnajökull com seus picos congelados irregulares e uma sucessão de línguas de gelo, caindo uma após a outra em direção à planície. Como alguns outros passageiros — alguns locais e um ou outro estrangeiro —, ficou maravilhada com a lagoa glacial intensamente azul de Jökulsárlón, com sua exuberância de icebergs. No entanto, por mais exuberante que fosse o cenário, a experiência a fez se sentir mais uma turista do que uma aventureira. Ela estava ansiosa para deixar para trás os circuitos habituais, deixar para trás a Ring Road com seus famosos pontos turísticos e seguir

para os vales solitários do interior, onde algumas poucas fazendas ainda subsistiam.

Após uma noite no albergue da juventude de Höfn, Unnur continuou sua jornada de ônibus pela costa leste, deixando a calota polar para trás e entrando em uma nova paisagem verde de fiordes e montanhas em camadas e chegando, por fim, ao vilarejo que a mulher havia mencionado ao telefone. A partir de lá, ela manteve o plano de caminhar a pé ao invés de arranjar uma carona. O dia estava bom, com uma claridade extraordinária que só se consegue ver no outono islandês, cada cume e ravina destacando-se tão claramente no ar puro que você parecia poder alcançá-los e tocá-los. A caminhada durou horas, mas o exercício e a sensação de estar completamente sozinha, seguindo por uma estreita faixa de estrada em direção ao vale desabitado e sem árvores, a fizeram sentir-se mental e fisicamente revigorada. Ela trouxe um almoço embrulhado, empoleirou-se em uma pedra e o comeu. Bem perto dali, colinas escarpadas erguiam-se acima do vale verde em formato de U e os únicos sons que quebravam o silêncio eram os lamentáveis chamados do maçarico-galego e o murmúrio de um riacho.

Sua mochila estava começando a pesar sobre seus ombros quando finalmente viu a casa à frente. Seu ânimo melhorou, mas se frustrou quase imediatamente quando ela percebeu, pela descrição que lhe havia sido dada, que aquele não poderia ser o lugar certo. Então, ela continuou caminhando, mais longe do que pensou ser possível, sua mochila mais pesada a cada passo dado, bo-

lhas formando-se em seus pés, até que a casa da fazenda apareceu inesperadamente em uma curva na parte mais alta do vale. Branca com um telhado vermelho, como a mulher havia dito, completamente sozinha na colina, a única construção a ser vista na paisagem ampla e vazia. Unnur teve a sensação vertiginosa de literalmente ter alcançado o limite do mundo habitado. Isso era exatamente o que ela estava procurando.

Ali, ela encontraria a paz e a quietude que tanto desejava. Poderia trabalhar durante o dia e escrever à noite, sem ser perturbada por distrações externas. Ela se perguntou se eles teriam sinal de TV por ali e esperava que não. Uma verificação rápida no telhado provou que não havia antena.

Duas ou três semanas deviam ser suficientes. Foi o que acordara por telefone com a esposa do fazendeiro. Seu nome era Erla e, por sua voz e jeito, Unnur teve a impressão de que ela era uma boa pessoa.

Unnur caminhou até a porta da frente, apenas para hesitar por um momento antes de levantar seu punho e bater. Esta era a sua última chance de desistir, se pegou pensando. Mas certamente não haveria motivo para fazer isso. Ela bateu à porta e esperou.

Quando a porta se abriu, ela foi recebida por uma mulher de meia-idade que apenas ficou ali parada, analisando-a pensativamente por um instante, como se estivesse a avaliando. De repente, ela disse: "Olá. Bem-vinda. Sou Erla. Entre".

Unnur seguiu Erla para dentro da sala de estar e viu uma xícara de café sobre a mesa ao lado de um livro aberto.

"Seu quarto fica no sótão", Erla disse. "As escadas ficam aqui." Então, após uma pausa, ela acrescentou: "Mas no que estou pensando? Posso lhe oferecer algo para beber? Talvez um pouco de café? Não escutei nenhum carro. Certamente você não veio caminhando por todo o caminho?".

"Sim... na verdade, sim, eu vim caminhando", Unnur disse, timidamente.

"Bem, eu nunca! Então definitivamente você precisa de uma bebida. Você toma café, não toma?", Erla perguntou, e Unnur teve a impressão de que a negativa seria recusada.

"Claro."

"Então, sente-se. Tem café quente na cafeteira."

Unnur obedeceu, tirando sua mochila das costas e sentando-se no sofá. Ela olhou ao redor da sala, observando os móveis antigos e gastos, o relógio de pêndulo, que parecia ter parado, e, penduradas nas paredes, pinturas amadoras de paisagens e reproduções de obras conhecidas. Tudo estava um pouco decadente e desgastado, mas o efeito geral era aconchegante.

Erla desapareceu, então logo voltou com o café.

"Aqui está, querida. Forte, preto e sem açúcar." Ela fez uma pausa, depois acrescentou: "Ou você aceita leite e açúcar? Posso buscá-los".

Unnur balançou a cabeça. "Está ótimo, obrigada."

"Você deve estar exausta."

"Foi, er, um exercício e tanto", Unnur disse, tomando um gole da bebida preta absurdamente forte.

"No momento, estou aqui sozinha", Erla disse a ela. "Meu marido está em Reykjavík. Normalmente, ele tem que ir nesta época do ano. Então tem muita coisa para se fazer. Você não terá tempo de ficar entediada."

"Ah, certo, isso parece bom. Quero dizer, ter muito o que fazer."

"Você mencionou ao telefone que estava escrevendo um livro", Erla continuou, olhando para ela com uma intensidade peculiar.

"Sim, ou pelo menos estou tentando. No meu tempo livre."

"Sim, bem, há muito o que se fazer por aqui, mas também muito tempo livre. Uma vez que as tarefas do dia acabam, nossa vida por aqui é bastante monótona, a menos que planeje caminhar até o vilarejo durante as noites." Ela sorriu. "É bom ter com o que se ocupar. Eu mesma leio, sabe."

Unnur assentiu.

"Enfim, seu quarto é lá em cima. Não é muito grande, mas espero que sirva. Até agora, ninguém reclamou."

"Obrigada, tenho certeza de que será ótimo. Não preciso de muitos confortos."

"Que bom. A propósito, estou muito contente por ter você aqui. É um lugar solitário, especialmente quando Einar está fora. Tenho a sensação de que nos daremos bem."

Novamente, Unnur assentiu.

"Nossas refeições são bem tradicionais — comida caseira à moda antiga, sabe, esse tipo de coisa. Comida do interior, na verdade." Erla sor-

riu novamente. "Pode ser um pouco diferente do que você está acostumada em..."

"Gardabær", Unnur continuou. "Eu nunca fui uma pessoa exigente com comida e, sim, tenho certeza de que nos daremos bem."

IX

"Deve ter sido há cerca de dez anos", Jens disse, franzindo a testa. Ele e Hulda ainda estavam encolhidos no hall, com as mãos enfiadas nos bolsos para se manterem aquecidos. O inspetor encostou a porta; mesmo assim, uma corrente de ar gelado entrava lá de fora. Hulda estremeceu involuntariamente.

Jens pensou por um momento, então continuou: "Sim, isso mesmo, deve ter uns dez anos desde que a filha deles faleceu".

Hulda aguardou sem falar nada. Ela ainda não confiava em sua voz.

"Só conheço a história pelo que soube de outras pessoas, mas então, de alguma forma, tudo se espalha no interior. Enfim, como disse, a filha deles se mudou para a fazenda vizinha depois de terminar a faculdade. Aparentemente, Erla estava muito chateada."

"Oh?"

"A fofoca era que Erla havia mandado sua filha para uma escola o mais longe possível daqui. Parecia que ela esperava que Anna se estabelecesse em Reykjavik. Erla era da cidade e nunca foi feliz aqui — acho que a maioria das pessoas concordaria com isso. Ela deve ter se arrependido de deixar a capital e queria ter certeza de que sua filha teria as chances que ela mesma havia perdido, se entende o que quero dizer."

"Sim."

"Mas Anna sabia o que queria. Ela não deixaria ninguém dizer o que ela tinha que fazer. Ela amava a vida no campo, como a maioria de nós que vive aqui, então ela voltou."

Hulda assentiu.

"Erla odiava o isolamento, os invernos, a escuridão — isso era óbvio quando você se encontrava com ela. Ela sempre costumava vir à biblioteca para estocar livros antes do inverno realmente começar, e Gerdur, o bibliotecário, comentou comigo mais de uma vez que era como atender alguém que estava enfrentando uma sentença de prisão. Você pensaria que ela estava a caminho de passar um período em confinamento solitário." O inspetor fez uma pausa para refletir. "Suponho que Erla quisesse poupar sua filha desse tipo de vida, mas, na realidade, estava tentando salvar a vida dela, embora nem ela, nem ninguém pudesse saber disso na época, se entende o que quero dizer."

Novamente, Hulda assentiu, embora, claro, não soubesse ao que Jens estava se referindo.

"Foi Einar?", ela deixou escapar, embora não quisesse insinuar nada.

"O quê? Einar?"

"Ela estava tentando manter sua filha longe de Einar?"

"Você quer dizer...? Meu Deus, não! Einar não era assim. *Absolutamente não.*"

Hulda baixou os olhos, seus pensamentos em Jón e Dimma. Talvez no fundo ela esperasse que a história de Erla, Einar e Anna fosse, de alguma forma, similar. Que ela não fosse a única a ter passado por aquela situação.

"Bem, então o desastre aconteceu", Jen disse, baixando sua voz, como se relutasse em contar a história. "Era inverno, claro." Ele suspirou. "Os invernos são muito longos por aqui, como você pode imaginar. Não somente longos, mas sempre com muita neve. Na verdade, aconteceu em dezembro, pouco antes do Natal. O clima estava tão ruim quanto possível. Estava nevando sem parar."

Hulda achou fácil imaginar as condições. Bastava dar uma rápida olhada para fora da porta e imaginar um pouco mais de neve na paisagem.

"Anna estava na casa dos pais, na época. Ela deu uma passada para vê-los antes do tempo piorar muito e ficou presa aqui. Enfim, ela estava descendo até o porão para fazer alguma coisa quando escorregou no gelo, caiu e bateu a cabeça na borda de um dos degraus de concreto. Seus pais não viram o acidente, mas Erla a encontrou, aparentemente não muito tempo depois dela ter caído. A garota estava inconsciente, mas ainda viva, embora tivesse perdido muito sangue. Claro que imediatamente pediram uma ambulância..."

Ele pausou e Hulda achou melhor não o apressar.

"Eu me lembro...", ele disse, seu olhar desfocado. "Lembro-me tão bem de quando Erla descreveu o ocorrido. Eles não ousaram movê-la, então agacharam na neve ao lado da garota e basicamente a assistiram morrer. Levou um bom tempo. Eles tentaram parar o sangramento — estavam recebendo instruções por telefone — e conseguiram até certo ponto, mas não foi o suficiente. Erla disse que apenas ficou lá, sentada, por muito tempo, impotente para fazer qualquer coisa. Veja, o que aconteceu foi que..."

Hulda adivinhou o resto, terminando a frase dele: "A ambulância não conseguiu chegar, pois a estrada estava bloqueada".

"Exatamente. Talvez chegasse, mas primeiro teria que esperar pelo limpa-neve. Eles até chamaram um helicóptero, mas a decisão foi tomada tarde demais. Anna estava morta na hora em que a ambulância finalmente chegou. A parte trágica era que teria sido simples a questão de salvar a vida dela se pudessem levá-la a um médico antes."

"Então foi o isolamento que a matou", Hulda murmurou.

"Sim. Disseram-me que era assim que Erla sempre via. Como eu disse, ela ficou bastante desencantada com a vida aqui, mesmo antes disso ter acontecido, então você pode imaginar como ela se sentiu depois da morte de Anna. Mas, ao invés de ir embora, ela ficou. Ficou ao lado de Einar. Embora tenha mudado e se tornado um pouco peculiar."

"Em que sentido?"

"Era como se ela se recusasse a aceitar o que havia acontecido. Claro, não sabíamos como agia em casa, pois Einar nunca falou sobre isso. De qualquer modo, ele não era de muita conversa. Para ele, ações falavam mais alto do que palavras. E ele nunca teria fofocado sobre sua esposa. Mas ela era uma visitante frequente do vilarejo e, na maioria das vezes, falava de Anna como se ela ainda estivesse viva. Ouvi histórias de várias pessoas, na biblioteca, nas lojas e assim por diante. Às vezes, ela até falava que estava esperando Anna passar mais tarde na casa deles e estava fazendo compras para recebê-la, esse tipo de coisa. Eu não acho que muitas pessoas se sentiram à vontade para corrigi-la, então tive a impressão de que ela se convenceu de que Anna não estava morta. Ela criou um mundo paralelo em sua cabeça e morava nele, junto com o real." Depois de um tempo ele acrescentou: "E quem pode culpá-la?".

Hulda tentou ouvir a história como uma profissional, mas toda vez que ele mencionava Anna, ela se encontrava imaginando Dimma. E agora, tudo o que podia pensar era na assustadora possibilidade de que ela, Hulda, pudesse acabar da mesma forma que Erla; que ela pudesse refugiar-se em algum lugar de sua mente para escapar — mesmo que brevemente — da dor insuportável que vinha lhe perseguindo como uma sombra desde aquele terrível momento no dia de Natal.

X

Suas memórias do funeral de Dimma foram em parte encobertas pela neblina de pensamentos negativos de dentro de sua cabeça, em parte vívidas demais, como se refletissem seu desejo simultâneo de lembrar e esquecer. Foi um dos dias mais difíceis de sua vida, e o clima, como se estivesse em solidariedade, estava terrivelmente frio. Houve rajadas de neve intermitentes e um vento feroz e tempestuoso, como se poderia esperar no último dia do ano. Hulda encontrou-se com o vigário dois dias antes para repassar os principais pontos da vida de sua filha com ele, mas o encontro terminou prematuramente quando ela desmoronou, muito enlutada para continuar. Ela não havia encontrado o vigário antes. Já que sua família não frequentava regularmente a igreja, a tarefa de conduzir o funeral de sua filha coube a um estranho. Não que isso importasse. Nada mais importava.

O vigário havia proferido devidamente o discurso fúnebre, mas Hulda não se lembrava do que ele disse, pois não conseguia assimilar nada. Em vez disso, ela se encontrou pensando sobre o discurso que um dia seria dado em seu próprio funeral, quando quer que fosse.

Embora ela tivesse se sentado ao lado de Jón, havia uma parede invisível e impenetrável entre eles. Ambos sabiam que a morte da filha era inteiramente culpa dele. O que ele fez a ela era tão imperdoável que não poderia ser colocado em palavras.

Às vezes, Hulda desejava que Dimma tivesse deixado um bilhete de suicídio, mas, em outras, ficava completamente aliviada por ela não ter feito isso. Tal carta teria sido, sem dúvida, uma acusação severa a ambos os pais; a Jón por seus crimes, a Hulda por sua complacência.

Quando o caixão foi baixado para dentro da terra naquele dia amargamente frio, as lágrimas de Hulda derreteram a neve aos seus pés e o uivo do vento ecoou o grito dentro dela.

XI

Era quase meia-noite. Hulda e o inspetor Jens estavam mais uma vez voltando ao vilarejo no grande carro de polícia. Embora a neve ainda estivesse caindo, os flocos estavam mais úmidos e não assentavam mais, o que tornava o caminho mais fácil de se fazer.

Hulda continuava imaginando a garota desaparecida, Unnur, tentando convencer-se de que ela ainda poderia estar viva, que podia haver uma possibilidade de resgatá-la. Simplesmente tinha que acreditar.

Ela temia a noite à frente. As noites eram as mais difíceis. Seu sono, na melhor das hipóteses, era irregular, perturbado por sonhos febris, mas o pior de tudo eram as horas que passava deitada acordada, sua cabeça se debatendo de um lado para o outro no travesseiro, sozinha com seus pensamentos impiedosos. Era quando ela se aproximava do fundo do poço.

E agora a noite se aproximava numa velocidade inexorável. Hulda teria preferido permanecer no local do crime e esperar por novidades, conversando com Jens para passar o tempo. Ela até poderia ter sido capaz de cochilar um pouco e recarregar as energias dessa maneira.

"Você já está formando uma imagem?", o inspetor perguntou, sua voz praticamente inaudível sobre o rugido do motor e o bater do vento contra as janelas.

Hulda tinha que admitir que muita coisa ainda não estava clara. A julgar pelas evidências no local do crime, eles podiam ter quase certeza de que uma terceira pessoa matara tanto marido quanto esposa, por motivos obscuros. Eles também estabeleceram que havia uma outra pessoa com eles na casa, e as probabilidades indicavam que deveria ter sido Haukur Leó. Caso contrário, por que diabos seu carro teria sido abandonado lá? As perguntas eram: o que havia acontecido com ele e que possível razão ele poderia ter para viajar por todo o país até aquele lugar remoto bem antes do Natal?

Unnur.

Não poderia haver nenhuma outra razão. Ele deveria estar procurando por sua filha.

Mas por que ali?

Unnur tinha alguma ligação com o casal da fazenda? Após seu desaparecimento, nada emergiu durante o inquérito original, embora a busca houvesse sido muito minuciosa e todas as pistas possíveis, seguidas.

Não, não havia nenhuma outra ligação. Exceto pela estranha coincidência de que a filha do casal tinha uma semelhança impressionante com Unnur. Havia alguma chance de serem parentes?

Ela teria que ligar para a mãe de Unnur, por mais tarde que fosse, quando estivessem de volta ao vilarejo. A mulher poderia dar alguma luz sobre o que teria levado seu marido a uma fazenda remota no leste da Islândia, a cerca de seiscentos quilômetros de casa. Além disso, ela tinha todo o direito de saber que o carro de Haukur Leó havia aparecido.

Hulda sentou-se na cama da pequena hospedaria onde um quarto foi providenciado. Era limpo, mas frio, como se o proprietário fosse muito maldoso para aquecer os quartos apropriadamente.

Ela havia procurado o número da mãe de Unnur na lista telefônica. Depois de ficar sentada lá por um tempo, se preparando mentalmente, foi em frente e discou o número. O telefone tocou e tocou antes de, de repente, a pobre mulher atendê-lo, com a voz rouca de sono e nervosismo.

"Olá, aqui é Hulda Hermannsdóttir, do DIC", ela disse formalmente, embora não houvesse real necessidade de lhe dar o nome completo, já que havia sido uma visita frequente no lar do casal no período que se seguiu ao desaparecimento de Unnur.

"Hulda? Olá..."

Hulda ouviu a respiração forte da mulher quando percebeu o que a ligação poderia significar.

"Desculpe-me ligar tão tarde. É sobre seu esposo, Haukur Leó... Nós encontramos o carro dele."

"O quê? Vocês o encontraram? Mas ele... Vocês encontraram ele?"

"Não, ainda não. Vamos iniciar uma busca no primeiro horário da manhã."

"Onde... Onde ele estava?", a mulher perguntou, sua voz sufocada por lágrimas.

"No leste", Hulda lhe contou, e começou a dar uma descrição mais detalhada do local.

A perplexidade da mulher era óbvia. "O quê... por quê... o que diabos ele estava fazendo lá? Não entendo."

"Algum de vocês tem alguma ligação com essa área? O carro foi encontrado perto da fazenda de um casal chamado Einar e Erla. Esses nomes soam familiares a você?"

"Nós... não temos família no leste. Eu nunca... nunca ouvi falar dessas pessoas."

"Isso é muito útil. Estamos trabalhando dia e noite para tentar saber mais sobre o acontecido. Parece que o carro pode ter estado lá desde antes do Natal."

"E Unnur... Existe alguma...?"

"No momento, não há nada que sugira que Unnur estivesse aqui", Hulda disse. "Mas é claro que estamos tentando descobrir se há alguma chance de ela ter estado."

"Sim... Ok... Posso te ligar, caso...?"

"Você pode entrar em contato com a delegacia aqui do vilarejo. Mas fique tranquila que avisarei no momento em que souber de qualquer coisa." Hulda lhe deu o número de telefone.

"Ok... ok... obrigada." A mulher soltou um suspiro trêmulo.

"Tchau. Vou mantê-la informada."

Hulda deitou-se na cama, fechou os olhos e foi imediatamente presenteada com a imagem de Dimma.

Ela já sabia que não iria dormir nem um pouco nesta noite, e que não estava sozinha. Do outro lado do país, a mãe de Unnur também estaria deitada acordada durante as horas escuras e solitárias.

XII

Como previra, Hulda mal dormira antes de ser acordada no começo da manhã pelo telefone que estava na mesa de cabeceira.

"Hulda." Era Jens. "Espero que não tenha te acordado. É o seguinte, eles encontraram algo bastante estranho atrás da casa da fazenda. A equipe de resgate encontrou uma pá que havia sido coberta pela neve. Parece que alguém esteve cavando por lá."

"O quê? Temos ideia do motivo?"

"Não, estamos trabalhando nisso. Claro, o chão está congelado. Mas quem quer que seja que estivesse tentando cavar ali não chegou muito longe."

"Alguém poderia estar planejando enterrar os corpos?", Hulda perguntou.

"Ou isso, ou tentando desenterrar alguma coisa", o inspetor sugeriu com a voz grave. "Não sei se você lembra, Hulda, mas havia um monte de pás em um canto do porão, enquanto o restante das outras ferramentas estava cuidadosamente arrumado. Parece que alguém pegou uma pá às pressas e acidentalmente derrubou o resto."

Hulda ficou em silêncio. Ela não conseguia entender esse último desdobramento. Todo o cenário ainda a iludia, mas ficaria mais claro assim que ela conseguisse juntar todas as evidências.

XIII

Unnur estava sentada em seu quarto no sótão. Era tarde e a noite havia chegado lá fora; a escuridão era rápida em retornar nessa época do ano depois de se abster durante todo o verão. Ela ainda estava trabalhando em seu livro e, embora não tivesse certeza de que estava indo na direção que queria, estava certa de que poderia dar um jeito mais tarde. Ela não tinha nenhuma intenção de deixar alguém lê-lo ainda e, de qualquer modo, apenas as duas estavam ali. O marido de Erla, Einar, continuava em Reykjavik.

"Anna", Unnur ouviu Erla chamar da sala de estar. "Anna, o café está pronto."

Unnur ficou um pouco desconcertada. Uma visitante havia chegado sem ela perceber?

"Anna?", Erla chamou novamente, um pouco mais alto.

Unnur levantou-se da mesa para descer, mas hesitou. Talvez ela devesse apenas ficar onde estava e ignorar isso, porque ela podia jurar que não havia mais ninguém na casa.

Erla chamou novamente. "Anna, você está vindo?"

Unnur saiu de seu quarto e desceu as escadas. Quando ela chegou no último degrau, deu de cara com Erla.

"O que você estava fazendo lá em cima?" Erla perguntou com um sorriso intrigado. "Por que não estava em seu quarto?" Ela estava segu-

rando uma xícara de café e parecia perfeitamente normal.

Unnur sentiu uma pontada de medo correr pela espinha.

"Erla... eu..."

"Não se preocupe, venha e coma um pouco de bolo. Talvez possamos jogar um jogo de cartas? Tenho também uma garrafa de Coca-Cola no refrigerador. Temos que acabar com ela antes de seu pai chegar. Não é bom para a circunferência abdominal dele."

Novamente, aquele sorriso.

XIV

Unnur desistiu de tentar sair do quarto, pelo menos temporariamente. Ela estava apavorada com Erla: havia um brilho estranho e instável em seus olhos que sugeria que ela poderia ser capaz de qualquer coisa. Por algum motivo inexplicável, Erla continuava chamando-a de Anna e surtava toda vez que Unnur tentava explicar-lhe que ela não sabia quem era Anna; seu nome era Unnur e ela era só uma garota de Gardabær viajando pela Islândia.

E então, em uma manhã, Unnur acordou ouvindo a porta de seu quarto ser trancada por fora.

"Anna, não posso deixá-la partir", Erla havia dito de novo e de novo.

Unnur estava agarrada à esperança de que Einar a salvaria, presumindo que ele realmente existisse. Até ele voltar, ela achou melhor aplacar Erla. Ela foi autorizada a comer e a ir ao banheiro, mas Erla carregava uma faca a fim de forçá-la a voltar ao seu quarto e trancá-la novamente.

Seria um eufemismo dizer que não era isso o que Unnur havia planejado. Sua aventura de vida se transformou em um filme de terror.

Mas Unnur era naturalmente resiliente e não tinha intenção de que isso a abalasse. Ela tinha que permanecer forte. Ela escrevia incansavelmente e seu romance estava realmente chegando a algum lugar. Com inato otimismo, ela ficava dizendo a si própria que tudo acabaria bem no final, mas lá no fundo ela estava apavorada.

Havia lhe ocorrido sair correndo de repente, na próxima vez que Erla destrancasse a porta, mas ela não tinha certeza se conseguiria escapar. A única saída dali era a estrada para o vilarejo, mas era óbvio, e a esposa durona de um fazendeiro como Erla poderia estar em boa forma para alcançá-la. E não era como se houvesse algum vizinho por perto a quem pedir ajuda. Mesmo ainda sendo outono, o clima havia ficado cinza e sombrio, trazendo dia após dia uma chuva fria e implacável. Ela estava no meio do nada e, se tivesse êxito em sair desse lugar deserto, tinha medo de se perder e morrer de frio.

Ela decidiu, apenas por precaução, escrever uma carta para seus pais. Ainda tinha muito papel em seu caderno e vários envelopes em sua bolsa, pois pretendia escrever para eles regularmente durante a viagem. Assim que terminou, colocou a carta em um envelope e a escondeu no meio dos livros da prateleira onde esperava que Erla não a encontrasse. Se seus piores temores se realizassem, talvez, um dia, chegasse aos seus pais...

XV

Hulda tomou café da manhã na hospedaria com seus colegas da perícia, e Jens juntou-se a eles, bebendo café preto enquanto comiam. Eles ficaram sentados em silêncio durante a maior parte da refeição, apenas comentando ocasionalmente algum aspecto do caso. Hulda tinha uma forte suspeita do que encontrariam no chão atrás da casa da fazenda, mas queria evitar colocar em palavras, como se dessa forma ela pudesse adiar o inevitável.

"Bem, não está na hora de começarmos a fazer as buscas?", Jens perguntou, sem pressa. Já passava das oito, mais de uma hora desde que Hulda havia sido acordada pelo seu telefonema. Naquele momento, ela ouviu o telefone tocando na recepção e teve a sensação de que poderia ser para eles.

Ela assentiu, embora sentisse uma extrema relutância em retornar à cena do crime depois de ter conhecimento dos últimos desdobramentos.

"Sim, suponho que devemos ir andando. Eles já começaram a busca por Haukur Leó?"

"Acho que sim. Sem dúvida, ainda estão cavando atrás da casa da fazenda também."

"Com licença, Jens. Telefone para você", disse o proprietário da hospedaria, que se esgueirou por trás deles sem que percebessem.

"Para mim?" Jens arrastou a cadeira para trás ruidosamente e levantou-se. Hulda permaneceu sentada, mas conseguia ouvir o som da voz dele na recepção.

Ele voltou logo em seguida.

"Eles encontraram um corpo atrás da casa", ele anunciou.

Hulda não disse uma palavra. Ela já sabia o que viria a seguir.

"Eles acham que é da garota desaparecida, Unnur."

Hulda foi atingida por uma onda de desespero.

Ela estava apostando tudo na esperança de que pudesse, de alguma maneira, salvar Unnur, embora subconscientemente devesse saber, durante todo o tempo, que isso não passava de uma fantasia. Apesar disso, a notícia parecia quase como uma repetição do pesadelo que havia acontecido no Natal.

Alguém havia assassinado Unnur, Hulda estava certa disso, mas tinha o palpite de que o responsável já havia pagado o preço.

Quando Hulda e Jens chegaram à fazenda, souberam que os exames iniciais dos restos mortais da garota demonstraram evidências de lesões consistentes com uma morte violenta.

Não houve trégua na neve e, no mínimo, o vento era ainda mais forte, tornando impossível ficar lá fora por muito tempo.

A casa parecia diferente sob a luz da manhã, mas, apesar do frio, Hulda sentiu uma profunda relutância em voltar para dentro se talvez pudesse evitar. Foram-lhe mostrados os restos mortais e a cova rasa, o solo criando uma mancha suja na neve circundante. O corpo agora havia sido levado para dentro da casa para protegê-lo das intempéries.

Então Unnur havia estado, durante todos esses meses, em uma cova desconhecida, em um lugar onde nunca, em um milhão de anos, teria ocorrido a alguém procurá-la.

Hulda se perguntou se poderia ter feito algo diferente durante a investigação no outono passado. Ela não havia procurado o suficiente? Ou tudo aquilo foi inútil, pois a garota já estava morta quando o inquérito começou?

Ela achou que devia ter havido alguma pista que perdera, já que o pai de Unnur havia encontrado o lugar.

Como, em nome de Deus, ele sabia?

Hulda se perguntou se, de alguma forma, ele poderia estar envolvido em sua morte. Era tudo o que podia pensar nesse ponto.

"Isso está ficando cada vez pior. Nunca vi nada parecido", Jens murmurou enquanto eles descongelavam no carro de polícia. Ele bufou. "E na minha área."

O médico que havia chegado com a ambulância lhes disse que, em sua opinião profissional, a garota não poderia ter morrido no mesmo período que o casal. Sua morte deve ter ocorrido semanas, senão meses, antes. Eles deveriam ser capazes de estabelecer uma relação mais precisa de tempo após uma análise mais profunda. Então, por enquanto, Hulda descartou um cenário em que Haukur Leó houvesse assassinado todos os três: Einar, Erla e sua própria filha. De qualquer maneira, a ideia era absurda, já que, logicamente, ele chegou até ali em *busca* dela.

Hulda também teve que levar em consideração a pá que havia sido encontrada abandonada na horta atrás da casa. Alguém claramente tentou, sem sucesso, cavar ali, mas a pá sozinha teria causado pouco impacto no solo congelado.

Uma história estava aos poucos tomando forma em sua cabeça. Unnur, que havia planejado passar um ano viajando pela Islândia, deve ter tropeçado nessa fazenda remota, sem suspeitar de nada além de uma estadia agradável. Hulda lembrou-se do que o inspetor Jens havia dito sobre o casal às vezes receber jovens para trabalharem em troca de alimentação e hospedagem. Por alguma razão desconhecida, sua visita terminou de maneira trágica.

"A pobre garota", Hulda finalmente disse, após um longo tempo em silêncio.

"Ele estava procurando por ela, não estava? O homem do Mitsubishi. Procurando por sua filha...?"

Hulda assentiu.

"E o resultado foi um banho de sangue."

"Talvez o casal se recusou a dizer onde ela estava", Hulda conjecturou, "ou...". Ela parou, então, pensando, e continuou falando mais para si própria do que para Jens: "Talvez eles tenham admitido que mataram a filha dele e lhe disseram onde ela estava... É impossível prever como alguém reagiria a uma notícia como essa. Você sabe, Jens, até mesmo pessoas perfeitamente comuns... podem perder o controle em circunstâncias excepcionais como essa."

XVI

"Erla, você tem que me contar o que aconteceu com ela", Leó disse, e ela podia ouvir o medo e o desespero em sua voz.

No entanto, Erla era quem devia estar com medo, quem estava profundamente amedrontada.

"O quê... o quê...?" Ela não conseguia articular as palavras, não conseguia nem formar um pensamento coerente em sua cabeça. A névoa amaldiçoada que pairava sobre sua mente tornava impossível pensar direito.

"Você sabe sobre o que estou falando, Erla. Isso tem que parar! Tenho que encontrá-la! Você deve, você tem que me contar, Erla!"

Ela apenas ficou lá parada, seu corpo rígido. Quando ele a soltou, ela recuou alguns passos, mas sabia que estava indefesa, encurralada como um animal enjaulado.

"Isso... isso saiu do controle, você entende?" Leó disse. "Eu nunca quis... machucar seu esposo."

"Ele está morto", ela disse apática, e sentiu as lágrimas escorrerem pelas suas bochechas novamente. As palavras realmente não eram em benefício de Leó; ela precisava dizê-las em voz alta para lembrar-se do que havia acontecido, para tentar distinguir o que era realidade e o que era ilusão. Einar estava morto. Isso era real — agora ela sabia disso. E Anna... Anna... Ela também estava morta. Era como se um véu tivesse sido levantado e ela pudesse se lembrar de tudo com clareza repentina. As lágrimas foram para ambos.

"Sim, mas foi um acidente, Erla. Eu não queria machucá-lo. Ele tinha uma faca e eu estava com medo. Tudo saiu do controle. Eu estava apavorado que ele fosse me esfaquear... nunca fiz nada parecido com isso antes em minha vida, mas foi em legítima defesa, puramente em legítima defesa..."

Erla assentiu estupidamente. Nada jamais traria Anna e Einar de volta agora.

Ela teve que enfrentar as consequências do que havia feito. Talvez fosse melhor responder a pergunta do homem enquanto podia, enquanto sua memória estava clara... Porque agora, de repente, ela conseguia lembrar-se de tudo o que havia feito o possível para esquecer. Lá no porão escuro, ela não tinha escolha a não ser encarar a verdade.

"É ela que você está procurando — Unnur?", ela perguntou, sua indecisão se dissipou repentinamente.

"Sim, sim! Pelo amor de Deus! Estou procurando por minha filha. E você sabe onde ela está, não sabe?"

"Ela veio aqui, para trabalhar."

"Eu sei. Ela me enviou uma carta, mas só chegou há poucos dias. Deve ter sido a carta que seu esposo disse que havia encontrado e colocado no correio."

Erla assentiu e disse: "Isso mesmo. Não sei do que se tratava. Não tenho ideia...".

"O que aconteceu com ela?"

"Einar nunca soube. Não havia necessidade de matá-lo."

"Foi um acidente, eu juro!"

"E eu não queria machucá-la, eu..."
Ele a agarrou novamente, desta vez pela garganta. Ela não resistiu, mesmo quando sentiu seus dedos apertando até ela começar a respirar com dificuldade. De uma forma estranha, ela acolheu a dor. Ela não queria ter que enfrentar mais nada...

"Erla, diga-me, diga-me! Ela está viva?"

O olhar dela encontrou o dele, embora estivesse perto de perder a consciência. Havia um brilho de esperança em seus olhos. Ele afrouxou um pouco os dedos.

Mas ela desabafou: "Não, ela morreu. Sinto muito".

As mãos dele apertaram novamente.

"Eu não queria que ela fosse embora." Erla estava engasgando-se com o estrangulamento. "Ela iria me deixar, Leó. Novamente. Deixar-me novamente. Minha Anna."

"O que você quer dizer com Anna? Você está louca? Por que você achava que Unnur era ela?" Ele relaxou os dedos novamente, o suficiente para ela falar.

"Anna era minha filha", ela resmungou. "Unnur foi enviada para mim porque minha Anna havia partido. Elas eram tão parecidas. Fiquei confusa, achando que Anna havia voltado — na verdade, tinha certeza disso. Achei que havia recebido outra chance e isso me deixou tão feliz, embora não pudesse realmente entender o que estava acontecendo. Veja, Einar estava fora. E, algumas vezes, não consigo lidar com o fato de ficar sozinha aqui, perco o controle das coisas...

então achei que ela fosse minha Anna. Mas então ela me disse que ia embora..." A voz de Erla falhou. Quando ela continuou, as palavras emergiram em um som fino, como um miado. "Ela iria me deixar novamente, mas eu não poderia perdê-la uma segunda vez. Me recusei a deixá-la partir." Ela respirou fundo. "Aconteceu. Houve uma luta, lembro-me disso, e então, de alguma forma, ela estava morta. Ela morreu e me deixou novamente. Parece que lembro que havia um pouco de sangue, mas tudo é tão nebuloso... assim que tive uma chance, joguei a mochila dela no mar. Quando fui ao vilarejo para pegar mais livros emprestados da biblioteca..."

Os dedos dele apertaram convulsivamente de novo. Lutando para respirar, ela acrescentou com uma voz estrangulada: "Sabia que você estava procurando por ela. Pressenti isso quando você chegou. Embora eu tenha enterrado tudo isso. Não conseguia suportar lembrar...".

"Onde está minha filha? Como você pôde matá-la? Como pôde?" A voz de Leó falhou e as últimas palavras saíram guturais, com lágrimas. "Onde ela está?"

"Eu a enterrei atrás da casa, na horta. Não havia nada que pudesse fazer. Tive que impedir que Einar descobrisse."

O aperto mortal estreitou-se em torno da garganta dela novamente e ela pôde sentir sua consciência se esvaindo.

Ela não aguentou mais.

XVII

Hulda viu um homem que não reconheceu, usando um uniforme laranja da equipe de resgate, vindo correndo pela espessa neblina de flocos de neve em direção ao carro de polícia. Ela cutucou Jens, que não havia o notado, então abriu a porta do passageiro e saiu do carro.

A voz do homem soava agitada quando finalmente conseguiu falar em meio à sua respiração ofegante.

"Nós..." Ele prendeu a respiração e retomou: "Nós o encontramos, ou pelo menos eu acho".

O primeiro pensamento que passou pela cabeça de Hulda foi: *Como posso contar à esposa dele? Como posso contar-lhe que encontramos seu esposo e sua filha — e que ambos estão mortos?*

Ela temia tanto a conversa que brevemente ocorreu-lhe pedir à outra pessoa para que cuidasse disso. Ela não podia lidar com mais nenhuma tragédia ou luto.

"Morto?", ela perguntou, embora fosse óbvio.

"O quê? Sim, claro — o corpo de um homem. Vou te levar lá. Não é tão distante da fazenda, então acho que ele deve ter se perdido e ido na direção errada. Talvez tenha andado em círculos. É comum quando as pessoas são inexperientes."

Jens se afastou do carro.

"Nós seguiremos vocês", ele disse para o membro da equipe de resgate, sua voz extraordinariamente decisiva.

Hulda se levantou, apertando os olhos contra a neve, imensamente grata por estar com a equipe de resgate, pois, se estivesse sozinha, nunca teria encontrado o caminho de volta à casa da fazenda. O ar estava denso, com abundantes flocos de neve em todas as direções. Seria assustadoramente fácil se perder em condições como essa. Sem dúvida, foi assim que Haukur Leó encontrou seu destino.

Sozinho em uma nevasca, longe da civilização.

Quase certamente com dois assassinatos em sua consciência.

O corpo dele estava caído na neve, sua mochila não muito distante.

Por mais trágico que fosse pensar em sua pobre esposa esperando em casa, não havia como fugir do fato de que, se ele tivesse sobrevivido, seria acusado de duplo assassinato.

O homem era praticamente um estranho para Hulda, embora ela tivesse o encontrado muitas vezes por conta da investigação, em um momento difícil da vida dele e de sua esposa. No entanto, ela sentiu como se, em algum nível mais profundo, ela o conhecesse bem. Olhando para seu corpo sem vida, ela vivenciou uma poderosa onda de sentimento. Ele, em breve sucessão, sofreu uma tragédia indescritível, viu-se envolvido nesses eventos traumáticos, depois perdeu a vida sem nunca ter encontrado sua filha, embora parecesse que ele suspeitava de onde o corpo dela havia sido enterrado.

Mesmo que ele tivesse assassinado duas pessoas, ela não sentia que aquele era o corpo de um assassino de sangue frio.

A vida não era tão simples; a linha entre bem e mal não era tão bem definida.

"Há duas ou três coisas que queremos lhe mostrar", o colega de Hulda, da perícia, lhe disse. O corpo de Haukur Leó foi removido e levado para ser examinado melhor, junto com sua mochila. A polícia estava agora sentada na casa do casal morto. A noite chegou, trazendo uma breve melhora no clima; embora o vento ainda soprasse forte, pelo menos a neve havia parado.

"Nós encontramos uma faca manchada com sangue na mochila dele." O homem mostrou a ela a arma, que agora estava selada em um saco plástico transparente.

"Suponho que as chances desta ser a faca usada para matar Einar são altas", Hulda disse.

"Bem, claro, temos que fazer testes", o homem respondeu, "mas, entre nós, acho que nessas circunstâncias não há dúvidas".

Hulda assentiu.

Ele assentiu.

"Ele também tinha um molho de chaves desta casa."

"E a terceira coisa que mencionou?"

"Aqui." Ele entregou a ela outro saco plástico de evidência. "Havia esta carta. Tenho certeza de que você achará esclarecedora."

XVIII

Queridos mamãe e papai,
Estou com tanto medo. Gostaria de estar em casa com vocês.
Esta carta pode nunca chegar nas mãos de vocês, mas não conheço outra maneira de enviar esta mensagem. Vou escondê-la aqui, entre os livros.
Com sorte, poderei levá-la comigo se sair daqui com vida.
Ela me trancou dentro de casa. Seu nome é Erla e ela mora aqui. Estou no leste do país. Estou anexando o anúncio que encontrei no posto de gasolina em Kirkjubæjarklaustur, o qual inclui informações sobre como encontrar a fazenda. É no meio do nada, e a mulher enlouqueceu.
Estou trancada em um quarto no sótão.
Ela continua me chamando de Anna e não quer me deixar sair. Não sei por quê. Não fiz nada para ela.
Sei que vocês não queriam me deixar fazer essa viagem e agora me arrependo de não ter escutado vocês. Não ouso tentar fugir, pois ela fica ameaçando me matar, dizendo que não quer me perder.
Claro, sei que provavelmente vocês nunca verão esta carta, mas me sinto um pouco melhor só em escrevê-la. Sinto como se vocês dois estivessem tão perto e que, de alguma forma, me salvariam.

XIX

Haukur Leó acreditava ter encontrado o lugar mais provável. Atrás da casa, abaixo da neve, ali parecia haver algum tipo de horta.

Ele partiu nessa jornada em busca de sua filha, com receio de não a encontrar, mas ainda mais receoso de receber a confirmação de sua morte. Ele tinha que saber a verdade e sua esposa também... Desde que Unnur desapareceu, eles não falavam sobre mais nada além de seu desejo desesperado de saber o que havia acontecido.

Eles garantiram que era melhor saber o pior do que o temer, mas agora ele não tinha certeza se estavam certos. Agora ele sabia, ou acreditava que sabia, que Unnur não estava apenas morta, mas que havia sido assassinada; o conhecimento era tão assustador que ele não conseguia pensar direito ou decidir o que fazer. Era como se o chão tivesse sido arrancado debaixo de seus pés, como se tivesse se tornado uma outra pessoa. Ele era uma boa pessoa, ou havia sido, mas o desespero o transformara... Quando a carta chegou do correio, ele não conseguia acreditar em seus olhos. Estava em casa quando ela caiu dentro da caixa de correio. Ele havia começado a trabalhar de casa mais frequentemente, pois achava muito difícil estar perto de outras pessoas no escritório. Quando a carta de Unnur chegou pouco antes do Natal, parecia completamente surreal.

Por um momento, incrédulo, ele acreditara que Unnur estava viva e que o pesadelo tinha acabado; que seu desaparecimento havia sido deliberado e que agora ela estava escrevendo para avisar que estava segura. Ele estava prestes a levantar e correr para o telefone para ligar para sua esposa no trabalho quando viu a data na carta.

O tempo havia parado. Sentindo-se fraco, privado de todas as suas forças, a princípio não tinha sido capaz de ler até o final, mas quando o fez, descobriu que a carta era um pedido de socorro. No entanto, quando a escreveu, Unnur não tinha como postá-la.

Estava claro que Unnur estava aterrorizada. Haukur Leó havia lido e relido a carta, tomado por raiva e ódio incontroláveis pela mulher chamada Erla. A carta tinha sido datada no início do outono, não muito tempo depois de sua esposa e ele terem perdido contato com a filha. Desde então, não tiveram mais notícias dela.

Ele se lembrou de Einar ter comentado, descuidadamente, que postou uma carta na crença de que ela havia sido acidentalmente deixada para trás por alguns meninos que estiveram na fazenda no verão passado. Mas deve ter sido a carta de Unnur. Ficou claro para ele que Einar era inocente de qualquer delito, completamente ignorante de que Unnur havia estado em sua casa.

Depois de ter lido a carta, Haukur Leó decidiu ir atrás dela. Ele nem parou para pensar. E agora ele soube que essa decisão havia sido desastrosa. Ele deveria, claro, ter ido direto à polícia. Em vez disso, pegou sua mochila e colocou dentro sua faca de caça, apenas para se sentir seguro, pois não sabia que tipo de recepção encontraria, uma bússola, e um pouco de dinheiro. Sua filha havia anexado um folheto com instruções detalhadas do caminho que levava à fazenda. Assim preparado, partiu em seu Mitsubishi, na longa e escura viagem pela Islândia, sem dizer uma palavra à sua esposa. Mas àquela altura, o relacionamento deles estava cada vez mais caracterizado pelo silêncio. Eles tinham tão pouco sobre o que falar nesses dias.

Pensando nisso agora, ele se perguntou o que diabos tinha acontecido com ele. Bem, por um lado, ele não queria levantar nenhuma falsa esperança em sua esposa e, por outro, sentia um desejo ardente de acertar as contas com a mulher da fazenda. Ele estivera tão zangado. Ainda estava. Cheio de uma raiva amarga. Palavras eram inadequadas para descrever a intensidade de seu ódio. Ele não se reconhecia mais.

A viagem para o leste tinha ocorrido melhor do que ele poderia esperar, apesar do clima invernal. Ele dirigiu de forma imprudente, ultrapassando o limite de velocidade durante todo o caminho, colocando sua vida em risco na estrada de pista única que se desenrolava em frente, indo infinitamente para o leste. Talvez houvesse sido melhor se ele tivesse sido parado pela polícia, pois dessa forma seria obrigado a dizer-lhes para onde estava indo e, sem dúvida, teria caído em si.

Mas era como se tudo tivesse conspirado para acelerá-lo em seu caminho. Hora após hora, alimentado pela fúria e pela esperança, ele seguia a estrada pela longa noite de inverno, através dos desertos vazios de planícies glaciais, passando *apenas ocasionalmente pelas luzes das fazendas remotas, até que finalmente encontrou o clima nevado do leste e foi obrigado a reduzir o seu ritmo desenfreado. A manhã estava bem avançada e um amanhecer cinzento havia rompido quando ele chegou ao desvio. As condições da estrada, que até então haviam sido razoáveis, pioraram drasticamente assim que ele saiu da Ring Road. De repente, o caminho a seguir ficou bloqueado com desvios intransponíveis e, tolamente, ele tentou dar a volta neles, apenas para deixar o carro preso. Depois disso, não havia mais nada a fazer além de continuar a pé.*

Ele ficou chocado com a força do vento quando saiu do carro, mas estava bem equipado e sabia mais ou menos o quão longe a fazenda estava. Tudo o que ele tinha que fazer era seguir os marcadores de estrada. No entanto, isso se provou mais fácil de falar do que fazer, uma vez que eram amplamente espaçados e o vento estava soprando nuvens de neve molhada; era quase como se os flocos estivessem caindo do céu. Se o tempo estivesse um pouco pior, ele poderia ter se perdido, mas a sorte verdadeiramente o levou com segurança até ali. Primeiro, ele havia encontrado outra casa. Por um tempo, à medida que se aproximava cada vez mais, ele acreditou que era a fazenda que ele procurava, mas, ao se aproximar, viu que estava abandonada e percebeu que não havia andado o tanto que pensava. Não havia necessidade de fingir sua exaustão quando finalmente chegou à casa da fazenda. Surgiu em uma curva da estrada, luz fluindo das janelas através da neve como se fos-

se um cartão de Natal, mas ele sabia de mais coisas. Sabia que algo terrível havia acontecido lá. A única coisa de que não tinha certeza era se Unnur ainda estava viva. Essa era a grande questão. Então ele foi obrigado a se aproximar dos moradores com cautela e tentar explorar o local antes de revelar porque havia vindo. Antes do confronto. Na pressa, havia impensadamente dado o seu nome correto, seu nome do meio, como ele costumava ser conhecido. Presumivelmente, ele tinha se safado, já que o patronímico de sua filha era Hauksdóttir e não Leósdóttir.[6]

A mulher, Erla, ficou desconfiada desde o princípio. Sem dúvida, a maldita vadia adivinhou por que ele havia vindo. Ela sabia que mais cedo ou mais tarde seu crime monstruoso seria exposto. Ela ficou de olho nele, tornando difícil procurar por pistas na casa. No entanto, ele havia conseguido, durante a noite, esgueirar-se até o sótão, onde encontrou o quarto onde Unnur presumivelmente havia ficado, só que agora não havia ninguém lá. Enquanto estava no quarto, se acabou em lágrimas — ele, que nunca chorava — porque, naquele momento, ele pressentiu que ela estava morta. Que ele havia chegado tarde demais.

Ele achou mais difícil de ler o homem, Einar. Ele sabia o que havia acontecido com Unnur? E o que exatamente havia acontecido na casa, que parecia ser tão comum? Passava a impressão de ser aconchegante e acolhedora, com a árvore de

---

[6] Os islandeses usam quase exclusivamente o patronímico como último nome. Trata-se de um sobrenome originado do nome próprio do pai, terminado com *-son* (filho) ou *-dóttir* (filha). Também pode ocorrer com o nome materno. (N. do E.)

Natal na sala de estar e os presentes arrumados embaixo dela, o ruído crepitante do rádio ao fundo; uma casa de campo islandesa à moda antiga. As mentiras que contou foram mal planejadas: ele havia se perdido, embora ninguém o estivesse procurando. Não havia visto nenhuma outra construção... Um erro estúpido após o outro. No momento em que teve chance, desconectou o telefone da sala de estar, tentando fazê-lo da forma mais discreta e organizada possível. Ele precisava de mais tempo para avaliar a situação e procurar evidências.

Então, de alguma forma, a coisa toda saiu do controle.

Sem aviso, ele se viu na mesma situação de Unnur, trancado no mesmo quarto que ela. Talvez Einar soubesse ou suspeitasse de algo e fizesse isso para proteger sua esposa. Haukur Leó tentou arrombar a porta com força bruta, mas embora ele fosse mais forte que sua filha, havia falhado. Como ela deve ter se sentido sendo mantida prisioneira ali por uma louca? Seu ódio havia se intensificado, até Einar entrar no quarto segurando a faca e as coisas ficarem violentas. Haukur Leó tentou tirar a faca dele, temendo por sua própria vida, e a luta terminou em desastre, embora ele tenha tido sorte o suficiente para escapar ileso. Ele não sentiu um pingo de remorso pela morte de Einar. Havia matado um homem, mas em legítima defesa e, de qualquer modo, sua própria filha foi morta enquanto estava naquela casa. A coisa toda parecia ser tão irreal: o sangue, o corpo no chão. Haukur Leó havia ficado lá por um tempo, sentindo-se estranhamente distante, assistindo à vida de Einar se esvair enquanto ele sangrava até a morte.

Então, recobrando o juízo, desceu correndo as escadas para encontrar Erla, apenas para descobrir que ela havia desaparecido. Deu muito trabalho persegui-la, mas, no fim, ele a encurralou e ouviu sua confissão; ouviu ela descrever como havia insensatamente matado a filha dele. Foi o ato de uma pessoa perturbada. As garotas eram parecidas, sua filha e a de Erla. Simples assim. Ele viu a foto de uma garota no quarto de hóspedes que presumivelmente era, ou tinha sido, Anna. E era verdade que havia uma semelhança; na verdade, elas eram surpreendentemente parecidas, com aquele cabelo ruivo flamejante, e até mesmo um olhar similar.

Ele procurou por uma pá pesada no porão e tentou cavar, lascar e raspar o solo congelado. Mas sem sucesso. Há quanto tempo estava ali?

Ele estava tão gelado e exausto que havia perdido completamente a noção do tempo e não pensava em mais nada além de encontrar Unnur. Embora estivesse começando a cair em si de que isso não daria certo. Teria que encontrar uma outra maneira, uma ferramenta mais potente ou pedir ajuda. Talvez, simplesmente ligar para a polícia...

Ele havia matado duas pessoas.

Na primeira vez, foi um acidente, mas na segunda, foi assassinato a sangue frio; tinha que encarar o fato. Ele havia deliberadamente assassinado a maldita vadia, apertando sua garganta

até que ela parou de respirar. E ele se sentiu bem. Ele estava vingando Unnur. Mas então, depois de alguns segundos, ele caiu em si e percebeu o horror que havia cometido. Não tinha como voltar atrás. Tudo havia mudado. Mas agora que perdera Unnur, talvez isso não importasse. Ainda não havia decidido se tentaria esconder seus crimes. No geral, pareciam um pouco sem importância. Sua filha estava morta.
    Não era para acabar assim.
    Ele continuava tentando raspar o chão duro como ferro, era tudo no que conseguia pensar em fazer, mas ele mal conseguia penetrar a neve para expor o solo por baixo. Era como se estivesse em um pesadelo, saber que ela estava enterrada debaixo de seus pés, mas ser incapaz de alcançá-la. Ele mal podia respirar. E durante o tempo todo, a tempestade continuava a atormentá-lo. Estava com tanto frio e tão mortalmente cansado. Ele sentia uma nova onda de adrenalina correndo em suas veias quando pensava em Unnur ali, embaixo da terra congelada. Porém, não poderia continuar assim por muito mais tempo. Ele tinha que descansar, depois decidir se deveria procurar ajuda. Claro, ele poderia buscar a polícia, confessar as mortes e implorar-lhes para encontrarem sua filha. Estava preparado para assumir as consequências do que havia feito, mas estremecia ao pensar no efeito que isso causaria na vida de sua esposa. Ela ficaria sozinha, com Unnur morta e ele na prisão... Embora, talvez, ele pudesse se livrar; talvez o juiz levasse em consideração as circunstâncias atenuantes e

decidisse não o punir. Mas mesmo que pensasse nisso, sabia o quão implausível era.

Ele parou de raspar com a pá e olhou para cima por um momento. O vendaval o açoitou com pedras de gelo e ele mal podia enxergar além de alguns metros. Estava preso em um redemoinho de neve, sozinho, ninguém sabia onde ele estava, e atingira seu limite, tanto mental quanto fisicamente, arrasado com a notícia de como sua filha havia morrido. E, de vez em quando, o pensamento de que era um assassino vinha à tona. Ele! Embora tivesse sido uma pessoa completamente comum até sua filha desaparecer.

Talvez ele pudesse entrar na casa por um tempo e recuperar a sua força. Embora precisasse urgentemente de um descanso depois de mais de quarenta e oito horas sem dormir, ele temia a ideia de ficar ali deitado matutando sobre Unnur e seu destino, sobre Erla e Einar, as pessoas que ele havia matado. Teria que encontrar uma maneira de esvaziar completamente sua mente. Apenas não conseguia lidar com tudo aquilo.

Ele tentou continuar cavando; então, dominado por uma onda de exaustão, largou a pá no chão e voltou para a casa, dizendo a si mesmo que retornaria mais tarde e tentaria novamente. Ele não desistiria de sua filha.

A porta estava trancada, mas Erla devia ter a chave. Ele desceu correndo os degraus da escada que levava para o porão e entrou na escuridão. Lá estava ela, deitada, visível apenas pela luz fraca que entrava pela porta. A mulher que ele havia assassinado. Ele sentiu algo subindo pela garganta e quase vomitou, mas respirou fundo e se concentrou no que tinha que fazer — encontrar as chaves. Lá estavam elas, no bolso dela. Ele saiu correndo e subiu os degraus congelados novamente, em direção à porta da frente. Suas mãos estavam tão frias e fracas que ele levou muito tempo para conseguir destrancar a fechadura, mas finalmente estava dentro da casa. Quando entrou no hall e depois na sala de estar, era como se nada tivesse acontecido, com tudo ainda pronto para o Natal, como se ninguém tivesse sido assassinado, ninguém estivesse deitado em uma poça de sangue lá em cima... Haukur Léo teve uma vertigem e precisou se controlar para não desmaiar. O pensamento do homem no sótão era demais. Ele não conseguiria ficar na casa, muito menos dormir ali.

Ele foi para o quarto de hóspedes, viu sua mochila na cama e seu conteúdo espalhado no chão. Com as mãos trêmulas, enfiou tudo dentro da bolsa, então a pegou e fugiu da casa.

Foi como bater em uma parede. Ele ficou imóvel por um segundo, esbofeteado pelo vento, cegado pela neve. Estava muito frio. De nenhuma maneira ele poderia continuar cavando. Mas também não suportava ter que voltar para dentro da casa. Ele estava tão confuso, sua capacidade de pensar foi minada por tantas horas sem dormir. O que deveria fazer? Ele não sabia como desenterrar sua filha, não conseguia decidir se confessaria tudo para a polícia e encararia as consequências. Ele não conseguia mais pensar.

Como se suas pernas tivessem decidido por ele, começou a caminhar, com a cabeça para bai-

xo, empurrado contra a tempestade, pensando apenas em voltar para o seu carro. Uma vez de volta ao Mitsubishi, ele poderia reunir forças, se esquentar com o aquecedor e então tomar uma decisão sobre o que fazer em seguida.

Ele havia encontrado o caminho para a casa da fazenda quando chegou, então era lógico que deveria ser capaz de encontrar o caminho de volta. Ou disso ele tentou se convencer, embora o tempo estivesse muito pior agora. Afinal de contas, o caminho havia sido uma reta, com marcadores aqui e ali indicando o curso da estrada. Sim, ele não tinha alternativa.

Ele lembrava mais ou menos a distância da outra casa e de lá para seu carro. Isso deveria ajudá-lo a ter uma noção do quão longe ele foi. O mais importante era continuar seguindo em frente, seguindo a estrada que estava enterrada sob montes de neve em algum lugar debaixo de seus pés.

Haukur Leó caminhava, mantendo um ritmo tão constante quanto podia, ciente de que era um longo caminho e que tinha que se mover rapidamente para se manter aquecido. Ele não devia ceder ao frio. Acreditava que sobrara energia suficiente para continuar, se apenas conseguisse evitar o cansaço por um pouco mais de tempo.

Ele vagou pelos montes de neve, destemido, recusando-se a ceder ante as rajadas de vento. Tinha que manter sua cabeça para baixo, não conseguia olhar para frente por conta da neve pungente, mas estava no caminho certo, tinha certeza disso.

XX

Onde estava a casa abandonada? Ele precisava encontrá-la para ter certeza de que estava no caminho certo até seu carro.
Ele havia passado por ela?
Isso era possível?
Talvez tenha sido a nevasca, a pouca visibilidade, que o fizera perdê-la.
Haukur Leó havia caminhado pelo que parecia ser um bom tempo e tinha certeza de que já deveria ter chegado na casa. Sim, ele provavelmente a perdera.
Pensando bem, ele não tinha visto nenhum marcador por um tempo, mas então lembrou-se de que havia alguns espaços entre eles. Instintivamente, sentiu que estava no caminho certo e que agora não estava longe de seu carro. Ele deveria ser capaz de conseguir chegar até lá, embora não pudesse negar que estava com muito frio e tão cansado que mal tinha forças sobrando, como se tivesse esgotado suas últimas reservas de energia.
Mas ele tinha que conseguir chegar no carro.
Ele dirigiria de volta para Reykjavik; sim, tudo parecia mais claro agora. Ia voltar para casa, para sua esposa, ia sentar-se com ela e contaria toda a verdade. Ela devia estar morrendo de preocupação depois do jeito que ele desaparecera sem dizer uma palavra, antes do Natal, como um completo idiota. Ela merecia coisa melhor.
Ele daria notícias sobre Unnur; contaria a ela o que aquelas pessoas vis haviam feito. Sua

esposa era uma mulher forte; não deixaria isso abatê-la. Depois, contaria a ela como sua jornada até o leste culminou na morte do casal e na descoberta de que a filha deles estava enterrada na horta atrás da casa da fazenda. Então, ele poderia perguntar à sua esposa o que ele deveria fazer. Ela o aconselharia a se entregar e ele saberia que ela tinha razão.

Erla e Einar estavam mortos, mas ele ainda estava cheio de um sentimento amargo, uma raiva latente.

Ele estava se movendo mais devagar então, a adrenalina que havia o alimentado no início estava se acabando. Parando por um momento, ele espiou ao redor, mas a vista era a mesma em qualquer direção: uma parede branca. Finalmente, ele reconheceu que, pelo que podia perceber, estava caminhando em círculos, pois não fazia ideia de onde estava.

Ele havia perdido a noção do tempo; a verdade era que não fazia ideia de quanto tinha andado. Não havia mais nenhuma esperança. Talvez devesse voltar para trás? Não, isso não levaria a nada, pois a neve já devia ter coberto seus rastros.

Talvez o plano mais sensato fosse sentar-se e se proteger em um monte de neve. Descansar um pouco. Esperar por um golpe de sorte; uma melhora no clima, por exemplo, embora soubesse que isso era improvável.

Sim, isso seria melhor. Se abrigar na neve.

Ele parou novamente e se afundou no chão. Era uma sensação boa ser capaz de recuperar o fôlego e dar um descanso aos seus músculos doloridos.

Ele tirou sua mochila e a colocou na neve, depois descansou a cabeça nela, como se fosse um travesseiro. Ele não se deixaria adormecer, só relaxaria por alguns minutos.

Ele colocou a mão direita no bolso da jaqueta onde guardou a carta de Unnur — tinha que protegê-la.

Então, fechou os olhos e seus pensamentos voltaram para sua filha.

XXI

Hulda encontrou um assento no fundo do avião e estava sentada sozinha, bem longe dos outros passageiros.

Ela estava a caminho de casa.

O barulho era ensurdecedor, mas ela tentou não se deixar atrapalhar por ele; ela teria que aguentar esse voo apesar da turbulência, do assento desconfortável e do café morno que tomava cuidadosamente para que não derramasse tudo em cima de si toda vez que o avião balançava.

O café era nojento, mas o que esperar de um avião? Ela havia comprado um jornal no aeroporto para lê-lo no caminho, mas tinha sido uma perda de dinheiro. Ela mal lera uma palavra, pois na hora que tentou focar nas letras começou a se sentir enjoada e o cheiro do papel e da tinta, combinado com o fedor de combustível e de café amargo, se transformou em um coquetel horrível.

Sim, ela estava a caminho de casa.

A viagem havia sido uma provação. A última coisa de que precisava era encontrar-se presa com um bando de estranhos em ambientes desconhecidos no auge do inverno, presa no meio de uma tragédia. Como se ela não tivesse problemas suficientes com os quais lidar no momento, precisando administrar seu próprio luto.

Ela havia sido muito rápida concordando em assumir o caso, muito rápida para voltar ao trabalho. Ela ainda não tinha superado. Depois de formular esse pensamento, se arrependeu, pois era claro que ela *nunca* superaria.

Ela tinha apenas que aprender a disfarçar seus sentimentos verdadeiros atrás de uma fachada, não os admitir e, ao mesmo tempo, se comportar como se nada tivesse acontecido, assim conseguiria continuar com a sua vida — se é que se podia chamar isso de vida.

Ela supôs que o caso havia, na medida do possível, sido solucionado. Provavelmente, eles nunca estabeleceriam exatamente *como* Unnur havia morrido, pobre garota, embora não fosse difícil preencher as lacunas uma vez que conheciam o histórico e haviam lido a carta que ela escrevera aos seus pais. A sequência exata de eventos que resultou na morte do casal da fazenda era impossível de remontar também, embora parecesse muito claro que Haukur Leó foi o responsável.

Quatro pessoas perderam suas vidas e três delas quase certamente foram assassinadas, ainda que ninguém fosse punido.

Mas, às vezes, era assim que seu trabalho era: um jogo decorrendo entre as fronteiras do dia e da noite. Nenhuma vitória era doce o suficiente; seu trabalho nunca terminava de verdade. Ela não podia esperar nenhum elogio ou recompensa. O enigma havia sido resolvido para a indiferença geral. Embora, talvez, isso se aplicasse mais a ela, uma mulher no mundo dos homens, do que aos seus colegas. Ela sentia isso tão intensamente, tão repetidamente, a sensação de que alguns de seus colegas ansiavam para que ela cometesse um erro, tivesse um desempenho pior do que o deles. Era a explicação para a sua grande necessidade de provar o seu valor, de constantemente fazer melhor, mas mesmo isso não era suficiente.

No entanto, pequenas vitórias lhe traziam um pequeno grau de satisfação. Pelo menos, ela mesma poderia se orgulhar de um trabalho bem-feito, mesmo que ninguém o mencionasse.

Desta vez, ela não sentiu nada além de um vazio, embora houvesse desempenhado bem o seu papel, apesar de sua incapacidade de se concentrar. Na verdade, duvidava que alguém pudesse ter feito melhor. Mas havia um vazio dentro dela que nada poderia preencher, como um buraco em sua alma.

Ela estava lá, sentada no avião, segurando o café que esfriava, ciente do frio congelante.

Ela estava a caminho de casa, mas o que a esperava lá? Poderia chamar a casa de Álftanes de lar?

Não mais.

Poderia muito bem ter desmoronado em escombros no dia de Natal, quando a família se fragmentou para sempre. No entanto, era para lá que estava indo, era lá que teria que viver, pelo menos por enquanto. Ela não tinha mais para onde ir.

Claro, sempre poderia bater na porta de sua mãe, mas não tinha intenção de fazer isso. O relacionamento delas não era íntimo o suficiente, pelo menos não da parte de Hulda.

Hulda sabia que permaneceria em seu trabalho depois dessa viagem, embora não estivesse em condições de fazê-la. Jón estava trabalhando muito em casa durante esses dias, até mais do que de costume, e ela tinha que ficar longe dele. Quando estava no trabalho, pelo menos podia pensar, de vez em quando, em alguma coisa que não fosse Dimma.

Tentava se concentrar em algo que não importava muito. Talvez suas investigações fossem afetadas por andar tão distraída, independentemente das garantias que dera aos seus chefes, mas era tão difícil. De agora em diante, ela iria aprender a se colocar em primeiro lugar. Ela tinha que passar por isso sozinha. Não havia outro jeito. Jón não lhe dava apoio e ela nunca teria aceitado nada dele. Era como se *ele soubesse* que *ela sabia*, embora nenhum dos dois dissesse uma palavra.

O silêncio entre eles era quase completo.

Ela presumiu que ele se mudaria depois de um tempo apropriado e desapareceria de sua vida. Mesmo assim, ela não estaria livre dele. Ainda havia o risco de esbarrar nele em uma cidade pequena como Reykjavik e, mesmo que não esbarrasse, saberia que ele estava por aí, vivo, se divertindo enquanto Dimma jazia morta em seu túmulo. Não havia justiça nisso.

Às vezes, ela pensava em tomar coragem para apresentar acusações contra ele. Fazer isso de verdade. Expor para a família toda a roupa suja, aguentar todos os burburinhos que surgiriam, sobre eles, sobre ela, onde quer que fosse; línguas maliciosas fazendo — em voz alta — as mesmas perguntas que fazia a si mesma, dia após dia. *Certamente ela devia saber. Por que ela não fez nada antes que fosse tarde demais?*

Por que diabos Jón não poderia enfrentar sua culpa?

Por que esse canalha doente não podia simplesmente morrer? Seria um favor para Hulda. Restaurar um pouco de justiça no mundo. *Faça uma boa ação em sua vida miserável e sem valor.*

Antigamente, ela teria esperado ansiosamente para regressar a sua casa depois de uma viagem como essa. Não havia nada melhor do que retornar ao aconchego de sua família, em sua agradável casa à beira-mar, o santuário onde ela descansava da sua rotina diária na cidade. Mas aqueles dias se foram e, se fosse honesta, o sentimento havia desaparecido muito tempo antes de Dimma tirar sua própria vida. Foi um processo longo e doloroso, durante o qual todo o calor da casa se esvaiu. Agora, ela mal podia esperar para que fosse vendida. Se Jón não tomasse logo a iniciativa, ela mesma a colocaria no mercado. Ela não aguentaria passar pelo quarto de Dimma dia após dia. O momento da descoberta havia sido tão traumático que tudo o que queria era apagar a memória, mas nada adiantava. Sua mente continuava conjurando a cena, dormindo ou acordada, e Hulda sabia que o momento ficaria gravado dentro dela enquanto vivesse. Era a última lembrança de sua filha; daria qualquer coisa para, ao invés disso, conseguir se concentrar na lembrança dos momentos felizes.

 Ela estava a caminho de casa, a caminho do frio. Em sua imaginação, a casa estava agora gelada e inóspita; o pesar a seguiria em qualquer que fosse o cômodo. Ela não conseguiria nem mesmo sentir o antigo prazer de ir para o jardim e contemplar o mar. Em vez disso, ficaria dentro de casa, deitada em sua cama a noite toda, cozinharia algumas vezes quando estivesse morrendo de fome, mas apenas para si própria. Caso contrário, se contentaria com uma refeição quente ao meio-dia na cantina do trabalho. Ela dormia sozinha. Jón havia se mudado para o quarto de hóspedes.

 Hulda tomou outro gole do café frio do avião. O sabor não havia melhorado. De alguma maneira, ela devia arrancar coragem para enfrentar o dia seguinte.

Tentar seguir em frente, um dia de cada vez.

Ir trabalhar. Fazer o seu melhor. Afinal, ela não poderia ficar de braços cruzados.

Ela não fazia ideia se teria sucesso.

Estava com quase quarenta anos. Onde estaria em dez anos? Ou vinte?

A lembrança de Dimma teria desaparecido até lá? E onde Jón estaria?

Eles não estariam mais juntos, isso era certo, mas ele estava destinado a se acomodar confortavelmente em outro lugar, talvez com uma nova esposa, tendo cuidadosamente enterrado a memória do que havia feito.

Sim, *ele* estaria vivo enquanto Dimma estava morta.

Por outro lado, o bastardo tinha um coração fraco — embora os médicos dissessem que não havia nada com o que se preocupar, contanto que ele tomasse os remédios.

Que solução simples seria se ele parasse de tomar sua medicação. Sim, isso seria melhor para todos os envolvidos.

O ânimo de Hulda melhorou um pouco com essa ideia.

Nota do autor

Leio livros o ano todo, mas gosto de ler especialmente na época das festas de Natal. É uma antiga tradição islandesa dar livros como presente e depois passar a véspera de Natal lendo noite adentro. E livros com cenário de Natal estão entre os meus favoritos. De cabeça, consigo nomear alguns exemplos excelentes como *O Natal de Poirot*, de Agatha Christie (1938), *The Finishing Stroke*, de Ellery Queen (1958), *Tied up in Tinsel*, de Ngaio Marsh (1972) e *The Christmas Crimes at Puzzel Manor*, de Simon Brett (1991).

Quando comecei a escrever ficção policial, sempre soube que gostaria de escrever mistérios ambientados nas festas. O primeiro desses livros foi *Whiteout*, uma parte da minha série *Dark Iceland*, e o segundo é *A névoa*. Também escrevi alguns contos ambientados na véspera de Natal, um dos quais publicado pela primeira vez neste livro, *O silêncio da neve*.

Sobre meus escritos de Natal, claro que fui influenciado pelas minhas próprias tradições, mas também por histórias contadas pela minha família, uma das quais quero compartilhar com vocês; uma breve memória escrita por minha mãe, Katrín Guðjónsdóttir, alguns anos atrás, um vislumbre do Natal na Islândia em 1960, quando ela tinha dez anos de idade:

Um Natal com maçãs, 1960

Era uma sensação acolhedora quando papai comprava as maçãs de Natal e a caixa estava em nossa casa em Háagerði, em Reykjavik. Então eu sentia o Natal se aproximando.

Só comíamos maçãs na época do Natal, então eu, minhas irmãs e irmãos subíamos repetidamente até o topo da escada para cheirá-las. A caixa estava aberta, mas apenas espiávamos; ninguém comia uma maçã até a véspera de Natal.

Sempre esperava para dar uma mordida em uma delas assim que começava a ler um novo livro no Natal.

Ainda consigo sentir o cheiro das maçãs...

Katrin Guðjónsdóttir

Leia um conto exclusivo de Ragnar Jónasson

O silêncio da neve

Os flocos de neve caíam na terra, um após o outro, de maneira majestosa, mas Ari Thor Arason era o único ali para apreciá-los. Ele estava na janela da sala de estar, ouvindo um antigo disco de música clássica natalina. Faltava pouco mais de uma hora para a missa de Natal do rádio e ele não queria começar o jantar até, exatamente, às seis horas da tarde. Sempre foi assim, desde que era menino com seus pais.

A comida era presunto defumado, outra tradição herdada de seus pais. Havia sido difícil encontrar um presunto pequeno o suficiente para uma pessoa, mas pelo menos ele teria algumas sobras para aproveitar depois das festas. Uma das vantagens de se ter um segundo em comando — um jovem policial chamado Ögmundur — era que Ari podia tirar folga no Natal, embora fosse, de qualquer modo, uma data bastante tranquila e ele não tivesse ninguém mais para aproveitar consigo.

Kristín havia se mudado para a Suécia com o filho deles, Stefnir. Hoje era, na verdade, o terceiro aniversário de Stefnir, e Ari sentia uma grande dor por estar tão longe dele. Ele havia sugerido à Kristín que passaria o Natal com eles na Suécia e ela pensou bastante, mas por fim decidiu que não. "Estamos começando a nos instalar, pode ser muito perturbador para ele, ele é tão pequeno. Nós passaremos a Páscoa em Siglufjörður e então você poderá vir no próximo Natal, eu prometo. Vamos dar um passo de cada vez, tudo bem?" Ele queria ter dito que não, mas não gostaria de começar uma briga pelo telefone.

A música de festas foi atrapalhada pelo toque do seu celular. Ele foi até o piano, onde o havia colocado. Era Ögmundur, seu colega.

"Sim?", Ari Thor disse, um tanto bruscamente. Ele não conseguia imaginar nenhuma razão importante o bastante para Ögmundur perturbá-lo na véspera de Natal.

"Ari, havia uma mulher tentando contatá-lo", Ögmundur disse, indo direto ao ponto.

"Que mulher?"

"Uma senhora idosa, que mora em Hólavegur."

"Alguém que eu conheça?"

"Na verdade, não. Ela se chama Halla, tem cerca de oitenta anos ou mais."

"E qual é a emergência?", Ari Thor perguntou, ainda bastante irritado.

"Não sei ao certo. Ela apenas disse que queria falar diretamente com você."

"E você não pensou em resolver isso sozinho?"

Uma pequena pausa.

"Não, sabia que você estava sozinho, sem nada para fazer. Então, você quer o número dela?"

Ari Thor suspirou. "Por que não..."

Dez minutos depois, ele estava sentado na ampla sala de estar de Halla. Ele havia deixado o presunto no forno e imaginou que poderia gastar meia hora se encontrando com a velha senhora, planejando estar de volta em casa a tempo da missa. Também foi bastante revigorante dar uma volta na neve, o vilarejo estava quase todo silencioso e, no alto da montanha, ele conseguia ver as tradicionais decorações de Réveillon, onde as luzes mostravam o ano atual. À meia noite de trinta e um de dezembro, as luzes mudariam de 2015 para 2016.

Ele nunca havia encontrado Halla, mas ela obviamente sabia quem ele era. Ela não era muito alta, mas era bastante escultural. Vestida para o Natal, ela envelheceu bem, um brilho intelectual em seus olhos.

"Muito gentil da sua parte me dedicar um tempo, Ari", ela disse com um tom de voz gentil. "Não sei por que senti a necessidade de te ligar agora, mas, você sabe, era uma carta tão estranha." Então ela acrescentou: "Além disso, sei que você costumava estudar teologia, então imagino que você entenda essas coisas".

Ele não perguntou a que ela se referia com "essas coisas". Em vez disso, disse: "Conte-me mais sobre a carta". Ela havia a mencionado brevemente pelo telefone.

Ela levantou-se e caminhou vagarosamente para fora da sala de estar, retornando com uma carta nas mãos.

"Esta não é a única, sabe. Apenas a última delas." Ela entregou a carta a Ari Thor.

Não era muito longa, uma página, escrita à mão, razoavelmente ilegível. Endereçada para a "Querida Halla" e assinada por um homem chamado Einar. Não havia nada de suspeito ou perturbador no conteúdo, algumas lembranças de anos passados, e então, no final, os melhores votos de um feliz Natal.

"Você conhece esse homem? Einar?"

Ela assentiu.

"E não é a primeira carta dele?"

"Não, recebo uma todo Natal. Devo lhe mostrar?" E, sem esperar por uma resposta, ela saiu novamente. Quando voltou, tinha uma pequena caixa de madeira em suas mãos. Ela a colocou na mesa e a abriu. Estava cheia de cartas. Ari Thor as folheou. A escrita era sempre a mesma, e todas as cartas que olhou eram endereçadas à Halla, assinadas por Einar.

"Desculpe-me", ele disse. "Realmente não entendo o problema. Esse homem..." Ele escolheu as palavras com cuidado. "Esse homem está lhe assediando de alguma forma?"

"Não, de jeito nenhum." Ela balançou a cabeça com força. "Nós éramos casados, entende?"

"Vocês *eram* casados? Não são mais?"

"Não. Nos casamos logo após a guerra, eu era muito jovem, tinha apenas dezenove anos. Ele era mais velho."

"E você sempre morou aqui, em Siglufjörður?"

"Sim, eu nasci aqui. Na verdade, nós dois nascemos."

"E vocês se divorciaram?"

Ela ficou em silêncio por um tempo, e então disse: "Não, ele morreu".

"Ele *morreu*?" Ari Thor não havia esperado por isso, embora, de certa forma, fosse uma resposta provável. A mulher estava na casa dos oitenta, pelo menos de acordo com as informações de Ögmundur, e ela acabara de contar a Ari Thor que havia se casado com um homem mais velho. "Quando?"

"Trinta anos atrás", ela respondeu. "Foi quando as cartas começaram a chegar."

Ari sentiu um arrepio na espinha.

"Ele morreu ou... foi embora? Desapareceu?" Seus pensamentos desviaram para seu próprio pai, que sumiu sem deixar rastro quando Ari Thor ainda era um menino.

Ela não respondeu imediatamente.

"Ele definitivamente morreu", disse, decisivamente.

"Então alguém está enviando cartas para você no nome dele? E tem feito isso há trinta anos?"

Ela apenas olhou para ele, sem realmente entender seu pensamento. Talvez acreditasse real e verdadeiramente que as cartas vinham do além...

"Você tem alguma ideia de quem poderia assustá-la dessa maneira?"

"Não."

"Você já informou isso à polícia antes?"

Novamente: "Não".

"Não tenho certeza do que posso fazer neste momento", ele disse. "Podemos retomar isso no ano que vem, se você ainda estiver preocupada." Então, acrescentou: "Você tem medo de que alguém possa estar querendo te prejudicar?".

Ela sorriu. "Não, de jeito nenhum. Sou muito velha para ter medo. Não tenho muito mais tempo."

"Então você está tranquila de passar o Natal aqui sozinha?"

"Claro, acho que eu apenas precisava conversar com alguém. Obrigada por vir." Ela se levantou.

"Talvez eu devesse te dar meu número de telefone, só por precaução", ele disse.

"É muita gentileza. Te darei o meu também", ela disse.

Halla saiu novamente, antes que ele tivesse a chance de dizer-lhe que Ögmundur já havia lhe dado o número dela. Ela retornou com um papelzinho, e então também anotou o telefone de Ari Thor.

Ari não olhou para a anotação até chegar na porta de entrada e se despedir da velha senhora.

O nome e o número dela.

A caligrafia era a mesma.

Eles estavam de volta à sala de estar. O relógio de pêndulo bateu seis horas.

"Não se preocupe, este relógio está vinte minutos adiantado há anos. Você chegará a tempo em casa para o Natal. Você não mora muito longe, mora?"

"Cinco minutos andando", ele disse.

"Eu sei. Veja, nesta cidade, todo mundo sabe de tudo."

Ela havia o convidado para retornar para dentro de casa quando ele apontou que a caligrafia de sua anotação correspondia com a das cartas.

"De certa forma, eu esperava que você descobrisse", ela disse, acrescentando: "Ele não era um bom homem. E, no entanto, tenho escrito essas cartas todos os anos, em dezembro. Escrevendo memórias de alguns dos bons momentos que tivemos".

"Você tem filhos?"

"Sim, ambos vivem no exterior e neste ano nenhum dos dois conseguiu vir passar o Natal em casa. Eles têm vidas muito ocupadas, é claro."

"Mas, novamente, escrever cartas para si mesma em nome de um homem morto dificilmente é assunto de polícia..."

"Eu te chamei aqui porque ia te contar, mas depois perdi a coragem. No entanto, fico feliz que minha anotação tenha me entregado. Quero te contar a verdade. Como te disse, acho que não tenho muito tempo de vida."

Ela ficou em silêncio novamente. A nevasca caía mais pesadamente a cada minuto.

"Veja, eu assassinei meu esposo. Trinta anos atrás. Ninguém nunca suspeitou de nada. Ele era muito... ele era um homem muito violento."

Ari Thor sentou-se em frente a ela, imóvel. "Você disse que o *assassinou*?"

Ela assentiu.

"Acho que simplesmente precisava confessar isso para alguém, antes de partir. Honestamente, não me importo com o que irá acontecer agora, porque sei que o que fiz foi errado. Soube disso por trinta anos, mas nunca me arrependi de ter feito. No final, acho que ele teria me matado."

Ari Thor queria perguntar como ela havia feito isso, mas, com toda a honestidade, ele não queria saber muito. Talvez, um dia, quando Halla falecesse, ele pudesse procurar o antigo caso. Não havia necessidade de prejudicá-la ou a seus filhos agora.

Ele se levantou. "Você ligou especificamente para mim, não para meu colega Ögmundur?"

Ela assentiu.

"Você queria falar com um policial, ou... Bem, com alguém que quase se tornou um padre?"

Halla sorriu.

"Acho que você deve saber a resposta. Melhor você ir para casa agora — não vá querer perder o Natal, meu jovem."

TIPOGRAFIA:
Orelega One (título)
Georgia (texto)

PAPEL:
Cartão LD 250g/m2 (capa)
Pólen Soft LD 80g/m (miolo)